현대시세계 시인선 163

울산바위의궤

울산바위의궤

도서출판 북인

시인의 말

행사나 의식의 흐름을 낱낱이 옮긴 꼼꼼한 기록을 의궤라 합니다. 삼라만상의 품에서 더불어 아지랑이는 미미한 티끌로서, 버티어 살며 경외하고 설렌 사유를 이리 기록합니다.

저물던 별이 마저 흐르고, 구름도 모르던 자리에 꽃이 일어나고, 나무마다 잎이 바람에 시달리고, 애벌레가 꿈틀거리다 어른벌레로 날고, 깃을 펼친 새가 제 둥지로 돌아가는 겨울과 봄과 여름과 가을, 그리고 다시 내리는 눈이 함박웃음이 되는 찰나를 기록합니다.

사무치게 그리운 너를 찾아가는 나비의 길 위에서 잠시 고개 드는 우아함으로 갈무리되길 바라며, 언제나 어디서나 한없이 고맙습니다.

2024년 4월
신민걸

차례

2부

3부

4부

1부

참꽃

나 죽으면 세상도 따라 함몰하는가

저 꽃처럼 오므리며 폭삭 망하는가

곧 죽어도 배시시 보조개 꽃피는가

죽기 전에야 참말로 알 수 없지만

죽어도 참꽃으로 네게는 가고 싶다

사람을 살아

동백 툭 떨어질 때 마음이 아리다면

지나간 바람을 한번 흘겨볼 줄 알면

떨어진 꽃 주워 일으켜 세워줄 거면

그게 최후라 생각하면 그게 모두 사람이라는 건데 늘 사람을 살아

흰 나비 휘적휘적 날아가는 길 좇아 오래오래 따라 보면 반들거리는 잎 아래 모아 낳은 알이 애벌레로 고래 꼬물거리며 돌아다니다 기어이 번데기 찢고 젖은 날개 말려 가까스로 다가가는 거친 길이라는 걸 알면

솜솜이 날리는 꽃가루 받아 고이 품어 묵은 씨앗이 드디어 싹 오르고 서로 잎 이어 이웃을 달리고 닿을 수 없던 저 허공까지 가지를 내뻗어 또다시 붉은 꽃 피워내는 길이라는 걸 꽃마다 길이 꼭 다르다는 걸 알면

품에 안은 진실한 물음 풀어보려 한 낱말 한 문장 한 문단

사색을 끌어간 탐험의 책을 한 장 한 장 새겨 넘기며 허위허위 따라가는 후학의 시간과 그게 아직도 궁금한 최후라 생각하면

그리하여 책장에 그러모아 꽂아둔 채로 해탈을 맞이한 책들의 정수리 위로 보얗게 먼지가 쌓이고 그 먼지가 마침내 내 살비듬이라는 걸 오래라 지쳐도 환한 화두로 모는 길이라는 걸 알면

바람받이 바람벽에 널린 햇볕 한 망태 살살 걷어 곱게 빻아 그대 밟는 발길마다 무지개 가루 빛 솔솔 뿌려주고 늘 이리 사람을 살아서 좋아

걸어갈까 날아갈까

슬하에 슬몃 풀잠자리 알이 슬었네

슬슬 가긴 가야겠는데 문득 너 있기는 한지 너 어디 호숫가 슬그니 살아 있는지 알아야지 너는 나비처럼 훌훌 벗고 날아다니는지 달팽이처럼 슬근대며 기어다니는지 여기에서 저기 지나 거기까지 나는 나비처럼 허공을 잡아 날 수가 없어서 달팽이처럼 몸에 흙을 꼬박 채워 기어다닐 수도 없어서 타박타박 이리 걷다보면

타박타박 이리 오래 걷다보면 가끔 지친 머리칼도 날리고 바람마저 비칠비칠 나처럼 해종일 걸어다니는데 바스러진 갈대밭 너머 얼음 풀린 저 먼 데 보일락말락 네가 있으리 너도 나처럼 타박이며 나를 타박하며 걸을지 몰라 이제 가긴 가야겠으니 눈을 잠깐 감아야지 눈을 감으면 꼭 눈물이 흐르는 까닭도 알아보고

바싹 마른 갈대밭에서 윤슬 끝 보네

성간물질

너는 나와 오직오직하는 뭇별이라서

눈심지 재우면 이내 온 격식 흐려져 속눈 가득 이지러진 잔상 날아다니고 네오내오없이 맞잡아 기도하는 따스한 두 손 사이로 속눈물 내쳐 흐르고

흘러 콧구멍에서 콧구멍까지 가는 아득하여 아늑한 길에는 방금 갓털 달고 떠난 민들레 홀씨와 곧 떠날 홀씨와 마지막으로 떠날 홀씨가 한데 뭉쳐서

마침 푸짐한 김 퍼지는 한뎃솥에서 푼 고슬고슬한 쌀밥 초중종 소리 안에도 하늘과 땅과 인간이 다 들어 이 성긴 물질로는 다시 포실한 별을 지을 테야

너는 오직 나와 시울이 닿는 한별이라

앵두살구복사별

저 꽃이 어언 어찌 좋아 열릴 것인가

하 앵두꽃이구나 그래 살구꽃이구나 그래 복사꽃이구나 그래 너도 꽃이라 하늘을 덮으니 너와 나 사이 간지러워 앵두 따다 담근 술에 서로 불콰해지고 봄밤에 이르러 내가 나갈 차례로구나 살구 복숭아 익으려면 까마득하겠어 아지랑이며 해롱대며 헛 비틀거리며 하 앵두가 열리면 그래 살구도 달리면 그래 복숭아도 발그레한 네 낯빛이라

저 별이 어찌 좋아 멀리 달릴 것인가

나절가웃 지나

서산 명치에 탁 걸린 올해 보라

내가 이미 늙어서 다 늙어서 더는 늙지 않을 줄 알았는데 더는 붉어질 일 없지 싶었는데 발치에 걸린 제비꽃 하나 넘지 못해 밭은 숨 헐떡이다 거듭 서러워서 원

버들개지 간질밥을 먹이는 봄이 오니 안해가 어찌나 일찍 일어나는지 덩달아 절로 눈이 떠져 서두르는지 자글자글 늘어난 주름길 팽팽해지고 탱글탱글 물오른 버들길 새파래지고

주절주절 푸념도 늘고 불땀이 내내 시원찮아도 두루뭉술 헛바람만 일어도 나 언제 지붕 위에 던져둔 비련은 어느 개여울 싸리꽃으로 흰 거웃으로 번져 일어나 으밀아밀 건너가겠지

허리 펴 보랏빛 노을만 바라보다 서러워서 원 그리워서 먼 제비꽃 불러 잡아 곱게 맞절을 하지 오래 두고 흐린 맞절을 하지

울산바위의궤 둘

밤새 통 기막혀 합장하니 동이 터

고단한 새들 주억거리며 일어나는 찰나

주름진 돌가슴 펴고 온 빛 모아 받더니

잎처럼 꽃처럼 추워 말라죽을지언정

저 빛 다 제 떠는 여섯 그림자로 주고

저도 일그러져 마침 가긴 가려나보아

진달래 울음은 핏빛 노을로 스러지는데

기일忌日

겨울에 난 아버지 느꺼이 봄에 가셨다 평생 꽃부리 영英한 글자를 등허리에 짊어진 아버지 살아 늘 그리워하던 맹방해변 어린 꽃나무 아래 흩뿌려드렸다 파도가 심심치 않게 못난 자식 대신으로 놀아드리면 때때로 노루 잡으러 경중경중 눈밭 뛰어다니다 꽃가루로 난분분하실 거고 해방전에나셔서동란에피란에가난에소작농에신혼에또탄캐러갱들어가실거뻔하다 봄은 젊은 아버지 절박한 뜀박질 아버지 종아리처럼 내 엄살은 하도 감쪽같아서 봄이면 참을 수 없는 도저한 가려움, 움, 움트는 궁핍, 미명의 적벽으로 쏟아져 내리던 화살더미처럼 젖은 땅 위로 소용없는 눈발 푹푹 내리꽂히면 하여 살창살창 회오리치다가 휩쓸리다가 못내 시비是非의 마비痲痺를 택한다 자꾸 어둠을 덧대고 싶다 아버지를 겨우 기억하는가 가려워 참을 수가 없다 오래도록 홍동백서 좌불안석 저승꽃부리 상을 차린다

회양목에 잠들다

눈을 감으면 그대 더 잘 보이고 밤에 이르면 머나먼 별도 또렷해지나이다

반듯하게 누워 명치 아래 깍지낀 손 올리고 눈을 꼭 감아 보아요 나는 소주 두 병을 들이켜고 곧바로 아파트 십오 층에서 창 밖 화단으로 몸을 던진 회양목이라지요 추락하는 내내 뜻하지 않게 입관의 자세를 떠올렸어요 허전한 아랫도리부터 세차게 흔들리는 까닭이 뭘까요 먼저 처박힐 해괴한 골머리가 아니라니요 한순간이 영원일 줄 알고는 꽃 피는 것도 화라락 꽃 지는 것도 화라락 오랜 파닥거림에도 불구하고 이 아찔하고 싯푸른 피칠갑은 뭐라 부를까요

뭉게뭉게 전정한 회양목에도 그새 꽃다운 꽃 피었다고 꿀벌이 왕래하나이다

보이지도 않던 꽃이 도드라져 보이게 되기까지 저 벌이 붕붕거리는 회양목으로 자리하기까지 추락하고 추락하는 내내 저 벌이 붕붕거리는 것과 같아요 꿀벌은 회양목을 떠나고 공설운동장을 건너갑니다 초록빛 인조 잔디를 냅다 질러 개나리 흐드러진 담장 훌쩍 넘어 오늘 벚나무 꽃눈은

아직도 멀었다며 왕왕 찻길 아래 지하도로 중앙시장으로 내려갑니다 한산한 시장에는 손 없는 가게마다 뭉게뭉게 담배 냄새가 나지요 멀리 돌아 오백 원짜리 뱃삯을 내고 갯배를 따라가다가 따라가다가

해일이 닥칠 항구의 초입을 외따로 지나 호수에 이르러서는 청초해지나이다

수협에서 운영하는 청초호변 커다란 제빙냉동공장 옥상의 널찍한 태양열 집열판 아래까지 꿀벌이 날아옵니다 여기가 우주의 끝이라지요 저 불굴의 태양 빛으로는 깍뚝 얼음도 만들고 육각 벌집도 탄탄 짓고 이내 회양목도 뚝딱뚝딱 만들어내니까요 영영 추락하는 내내 자랑스러운 꿀벌이 되어 날아보니 양 엄지로 콕 찌르는 명치가 짜르르하고 눈을 감으면 더욱이 밤에 이르면 회양목은 이제 태양목은 우리 공동의 묘지로 거룩하게 자리잡아요 여기가 우주의 처음이지요

젯술 한 잔 그득 따라 올리니 흐린 봄볕 마냥 따스하고 가까스로 풍성하나이다

꽃이 꽃을 피우고 죽네

낭창낭창한 기억일랑 모아 끌어안고
헤 웃으며 졸며 하늘거리는 봄날

당신의 푸른 풍경에 내가 없어서
당신의 지음엔 벌써 꽃잎 날려서

기도하는 밤, 기도해야 하는 밤
모든 꽃잎을 인양하는 질긴 밤

꽃이 꽃을 다 피우고 죽네
죽을 테면 이런 봄날 잠결에 죽고

아깝지도 않고 서럽지도 않게
죽으려고 오늘에 꽃을 피우는 꽃

다 죽고 퍼드러진 질경이처럼
다시 죽고 잦아드는 자장가처럼

죽어도 여럿 죽어도 까무러치지 않는
죽어서도 아무렇지 않은 이런 봄밤에

꽃이 꽃을 마저 피우고 슬어 죽네
죽을 테면 하필 이런 사월이라 죽고

포르릉 자귀가 자귀에 들고 나는 것처럼
앵두가 앵두를 피우고 장렬히 익는 것으로

사금파리는 왜 반짝이는가

하필 황지 연못을 지날 때였지 구구단 시험 겨우 마치고 늦은 점심 먹으러 하교하는 개나리색 노란 운동화 운동화 끈은 단단히 매여 있었고 하필 돌멩이를 걷어찬 거지 저걸 주워 연못에 던지면 수제비가 제법일 텐데 걷어찬 거지 배가 고팠고 구구 팔십일 달아났지만 달아나지 못한 돌멩이를 또 걷어찬 거지 달아나라고 했지만 달아나지 않고 운동화 코에 연거푸 걷어차이는 칠칠 사십구 팔팔 육십사 배가 고팠고 컴컴한 자유시장 다 지나야 세든 집도 나오니까 하필 연못을 지날 때였지 달아나라고 뻥뻥 차버려도 이내 다시 운동화 앞에 다소곳한 돌멩이를 사랑했노라 미워했노라 그리웠노라 잘 가거라 힘껏 차버린 돌멩이, 쨍그랑, 길바닥에 자잘한 사기그릇 내놓고 장사하던 아줌마의 늘어지는 하품도 쨍그랑 필사의 노력으로 첫사랑 돌멩이를 떼버린 아홉 살 꼬맹이의 순정도 쨍그랑 핏빛 철쭉이 쨍그랑 쨍그랑 만개하는 순간 오오 이십오 육육 삼십육 줄행랑 하필 배가 고팠고 하필 튀밥처럼 길바닥에는 사금파리가 깔리기 시작했더랬지 등짝이 따땃하게 잘 구워지던 돌멩이, 붉은 돌멩이, 하필 배고파서 미안해지는 어두워 빛나던 봄날이었지

저 어문 별로 앉아

저 여문 별 어느 맡에 들앉아

저문 별로서 혹 나를 보았나

하늘은 넓고 바다는 그렇지 않아

저 어문한 별 어렵사리 머물며

내게로 어문 방아쇠를 당기나

파도가 툭 치고 간 자리에

나도 앉았다 이내 누웠다

나도 속으로만 빌며 아물기로

의상대 장송곡

머나먼 절규는 애가 끓어서 쾌재와 흡사하다네

여느 꽃이 피듯 처절하게 아무 꽃이 지듯 대범하게

관음굴에는 파도가 치고 세월없이 파도가 치고

벼랑에 좌선한 낙락장송은 그대 뒤태와 흡사하다네

나의 고향은 오늘 같은 봄날에도 눈이 쏟아지는 곳이라

저 창백한 하늘 아래 이제는 그대마저 죽어가고 있구나

가만히 있으면 시들어 도대체 시들어 죽는다는 것

평생 처음 깨달아 누구에게라도 덕지덕지 욕하기 좋은 날

갈매기 똥이 갈매기보다 먼저 눌러앉은 좁다란 암초마다

옹기종기 올라붙은 갈퀴발이 떨어진 꽃잎처럼 붉디붉다네

울산바위에다 모를 내면

청대산에 올라 내려다보면
우람한 울산바위가 저래 똑 둘이다
반반한 소야벌 반짝이는 무논에 비쳐
너처럼 둘이다 미쳐 나처럼 둘이다
모내기 전에 그렇다는 말이다

한 뼘도 모를 모를 당당히 내면

짙은 아까시 향 기어이 무넘깃둑을 넘쳐나고
산딸나무 꽃 빙그르르 설레 춤추는 이곳으로
지나는 바람마다 갈대는 사가가사사 희롱하고
꽈르륵꽈르륵 개구리 울음 저녁 울 내 번지고

너와 나는 꼭 닮아 봄을 꼬박 앓는다

울산바위에다 모내기하면
네가 짱짱한 빛으로 돌아와서
마침내 가야 할 때를 보는 봄이다

가물

보이지 않는 뿌리에게
그저 손을 흔든다

잎이 마르고 줄기가 시들고
드러누운 흙의 심장이 갈라터지는 건

뿌리로부터 떠난 뿌리로부터
다시는 안부가 오지 않기 때문인데

안부를 묻던 손을
이제는 씻어야 하는데

씻을 물이 없다
모이지 말라 각자도생이다

간절히 기우하는 내내
눈물 콧물 젖은 고름도 감감 없고

먼지 풀풀 날리는 까만 절벽 위에서는
뛰어내릴 강물도 가물가물 없는데

벌써 벗어둔 꽃당혜 한 켤레

너는 바싹 마른 너는 재촉을 한다
하늘 천 따 지 모두 가물 현 가물 황

천상열차분야지도

오늘도 별이 걸어가고 있지요
밤에도 낮이랑 같은 보폭으로

떠올리기도 싫은 시름 가득해
시름시름 앓다가 꽃을 내버려
잎을 걸고 시나브로 열매까지

왕피천 사는 왕피물벌은 자맥질로
가시날도래 번데기에 알 낳는대요
남에게서 제 뻔뻔한 애벌레 나오면
빼꾸기처럼 안다미로 울어줄까요

껍질을 담금질해 껍데기를 이루고
껍데기를 무두질해 껍질을 이루면
알나리깔나리 난 알나리깔나리 난
속엣나 다 버리고 더 내가 될까요

아무도 몰라서 무른 보폭으로
아직도 별은 걸어가고 있어요

황매우 마실방

마실간 누이 여태 오지 않아서 비가 또 내려
꽃도 그림자 잎도 그림자 매실도 누이 그림자

가지마다 핀 꽃 어언 열매라 누레진 여름이라
꽃을 걸어 잎을 걸어 매실 걸어 부르튼 가지

신이 다 젖도록 걸어도 그림자는 젖지 않아
마른장마나 억수장마나 엇비슷한 건지 몰라

그믐인지 보름인지 모르니 어둠은 덜 어둡고
흘러가던 빗소리는 모여서 이바구 더 꽃피고

동티가 나지는 않을 거야 늘 흐르는 길대로
매화나무도 흐르는 거니까 확증편향이니까

떠내려간 흙은 새 둔덕 이루고 싹을 틔우니
뻔히 알잖아 어찌할 요량인지 비는 또 내려

노리 수갑

무논이 이리 맑은 까닭은 줄지어 선 짱짱한 볏모가 아직은 어리고 순해서가 아니라 시방 모든 울음이 갇힌 망망한 거울이라 그렇다지요

멍하니 수감된 다랑이 하늘과 조각조각 흐르다 만 구름으로 불다 멈춘 빳빳한 바람과 울다 그친 지친 개구리 울음으로 그의 힘겨운 발자국은 저 아래의 아래 짝 달라붙은 거머리처럼 잔잔하고 잔망하여 무논은 자체로 시작하는 애주검이고 창창하게 닫힌 단단한 삶이라 그렇다지요

하루 단 한 차례 무논에도 해가 뜨고 지는 건 신신 붙잡혀 불어터진 그의 발목이 찰랑거리는 수갑 간신히 벗어놓고 돌아가서 돌아오는 논둑에 걸터앉아 제 느린 삶 두고두고 돌아보라는 건데

다한 그리움이 더하여 먼 데 마른천둥이 울고 억수라도 몰아 내릴라치면

문득 미리 한쪽 둑이라도 든든히 터 왕왕한 개구리 울음 사방으로 나르고 실타래처럼 바람 술술 빠져나가게 시치미

같은 실마리 쭉 뽑아 내놓으며 구름 제각각 번지듯 망쳐 흐르게 두고 무언의 하늘 기꺼이 다 들어내주게 무진장 열린 거울이라 그렇다네요

무논이 이리 담담한 까닭은 억수같이 열렬한 당신이 착실하게 뜸들인 덕분이니 들여다보면 볼수록 아뜩하나 햅쌀밥 물에 말아 따끈하게 으뜸으로 한 끼 장만하겠어요

곤줄박이 불러서

할 말이 없어서 꽃잎이 우수수 지네

원래 푸른 잎은 없어 부지런해야지

불러도 불러도 지치지 않는 노랫말

언제부터 너는 내 휘파람을 불었나

초록을 가장하여 숨어든 적막공산에

흰뺨검둥오리 자맥질하듯이

팽이갈매기 날아다니는 아래 청초호에
흰뺨검둥오리 쌍쌍 번갈아 자맥질하죠

내 발 아래 가랑잎 엎치다 메치다 팽개친 바람이 끊임없이 이어 붙인 높고 낮은 물뫼를 저는 넘는가 둥실둥실 타넘는가 했는데

내 걱정인 수면에는 쥐뿔만큼 관심도 없고 보지 못해 내가 알지 못하는 수면 아래로 아래로 자맥질하고 돌아와 부리를 쩝쩝거리죠

바람이 차서 나는 이내 호수를 벗어나려는데 흰 뺨이 좀체 붉어지지도 않는 검둥오리는 물갈퀴 내저어 물뫼를 가뿐히 넘어

자맥질로 어디를 얼마나 다녀오는 걸까요

죽은 자도 산 자도 바삐 제 몫을 덜어 예삐 살아 오늘도 살고 내일도 다들 더 살 거라 너도 부르고 나도 불려서 우리한데 가면 참 좋겠죠

2부

울산바위의궤

엊저녁 천둥번개 거하더니
구름으로 좌대 깎아 앉혀놓았네

저게 혹시 요망 근두운일까
고대하던 북망 결의 다스려
미끄러진 길 고쳐 지쳐 가려나

새벽에 보고 아침 먹고 보고
혹시나 반차도를 찾아보는데

구름만 허영청 허영허영 그만
아무도 아무렇지도 않다는구나

개망초

어떻게 네가 여기 왔을까

어디가 꽃의 머리라서
어디다 고개 들고 꼿꼿이 마주섰을까

어디가 꽃의 얼굴일까
어디가 꽃의 눈이고 그윽한 눈맞춤일까

어떻게 네가 나와 있을까

어디가 꽃의 허리춤일까
어디가 꽃의 배꼽이며 마지못한 출생일까

어디가 꽃의 다리라서
어디다 살그미 발을 묻고 여태 살랑거릴까

어떻게 네가 꽃 중 흔한 눈부처일까

어디가 꽃의 발랑거리는 심장이라서
어디서 돌아와 어디로 마구마구 돌아가는 살랑핏줄일까

어디가 꽃의 다정한 이름일까
어떻게 너를 불러 잠깐이라도 같이 울어볼까
간간이 속닥거리며 뒹굴고 덩실거리며 마침내 노래할까

망초 망초 개망초
어떻게 네가 나와 여기 있을까

별머루

머루를 따러 올라갔어요
산 이름이 연화였지요
멀리서 보면 꼭 연화예요

머루 하면 또 다래지요
다래너출 옳거니 만나
눈치 없이 배불리 따먹고

그림자가 엉덩걸음 옮기듯
개울에서 돌멩이를 들추며
벌게진 가재나 희롱했어요

참, 머루 따러 올라갔지요
산 이름이 뭐라 했지요
멀리서 보면 머루가 보였는데

멀리 우리 마을이 가까워요
머루처럼 다닥다닥 달라붙어서
어디 도망도 못 가는 동네

참, 하늘에는 별도 많지요
별마루라 어린 어둠도 많아요
별도 다 제 엄마가 있겠죠

엄마는 언제나 보고 싶어요
별은 총총 엄마는 연화
눈 감으면
엄마는 엄마 별은 산머루

별 수 없으니 이 시는
천천히 읽고 내려오세요
머루는 제가 넉넉히 따놓을게요

크림빵이 좋아

크림빵과 단팥빵 중에서
크림빵을 골라잡았다네

단팥빵도 무지 좋아하는데
크림빵을 골라 무진장 좋았는데

빵을 준 그녀가 가장 좋았다네
아내가 되어준 그녀라 참 좋았다네

한입 가득 베어물어도
길 막히지 않는 부드러움

그녀가 건네준 크림빵이라서
성큼성큼 베어물고 걸었다네

입가에 크림이 좀 묻어도
바보라서 씩 웃어보았다네

철석같이 좋아 싱글거렸다네

사르르 사르르 내가 거듭되어도
크림빵 지나는 길은 하냥 좋아라

언니야 사탕

언니야
사탕 하나 도
언니야 사탕 하나 도

무거워 욕창이고
눈도 못 뜨는 노구가
발소리를 들을 때마다
누군지 알 바 없이
간절하게 부른다

성한 이 낱낱 사라져
합죽한 아흔아홉 구비
자꾸만 목이 잠겨와
사탕을 빨아서라도
트고 싶은 길

언니야
언니야 거슥하니
사탕 말고 하나 도

뱃구레 속엔 네 울음만이

방울꽃 피었다고
방울새 들어왔네

방울새 울음 터지고
방울 방울 점지한 방울
방울꽃 입술 터지고

하늘에서 온 청동방울

방울 속에는
인고의 그대가 있어

방울 속에는
더없이 어여쁜 네가 있어

터지고 터지고 터져도
말간 방울 속에는
이녁 울음으로 가득해

방울꽃 나왔다고
방울새 돌아왔네

젖는 집

숨이 찹니다 골목마다 돌며 몇 남은 상자를 찾아 차곡차곡 얹습니다

아련하게 잠기고 구겨진 반백의 가계를 찬찬히 펼쳐 납작하게 얹고 아침과 점심 없이 그냥 그저 아무 사이 맹물에 훌훌 찬밥 말아 간단히 이른 저녁이라고 끼워 넣고, 사실이 나이까지 매끼는 너무 자주 바삐 오는 게 아닌가 합니다만, 오래 연락 없어 보고 싶은 보고 싶지도 않은 자식새끼들 귀여운 손주녀석들까지 성긴 밥알처럼 하나하나 골라내 꼭꼭 씹어 챙깁니다 후더운 비가 얹힙니다

이내 숨이 찹니다 비록 젖은 종이 상자라지만 몇 안 되니 차곡차곡 올립니다

젖은 종이는 언젠가 마를 것이고 부풀었던 무게가 줄어도 푼돈이 될 것이고 고픈 배는 여전히 차곡차곡 주름질 것이고 아직은 손수레 두 바퀴가 낙낙합니다 골목을 돌아도 또 굽이돌아도 잘도 굴러가니까 당신네 아파트도 차곡차곡 얹어서 지은 집 아닙니까 잘도 굴러가지요 시커먼 구름 떼만큼이나 높은 아파트 그늘 아래 눈에도 넣을 앙증맞은 아

기들이 마음껏 짓찧고 까불다 쑥쑥 잘도 자라니까 알록달록 갖은 상자가 이나마도 널따랗고 푸짐한 게 아닙니까 참을 수 없이 후텁지근합니다

자꾸 숨이 차지만 숨은 상자를 꼭 찾아다가 그지없이 높은 집을 지을 겁니다

잘도 굴러가는 집 이러다 내내 잠겨 머물 수도 있지만 돌돌돌 돌아가는 집 가끔은 꼬부라진 허리를 펼 때가 있고 저 숭꽃 숨숨한 고물이지만 곱은 손끝이랑 먹태 같은 두 눈알이 여태도 산뜻하니까 지리한 장마는 이내 저리 따라갈 테고 더우면 더워지면 더워도 훌쩍 얹어 가야겠지요 땀에 젖으나 비에 젖으나 젖어서 더 무겁더라도 나 죽기 전에는 말라 마냥 가벼워질 것이고 가다가 다 못 가 서면 까짓 여기서 그만두면 되는 거니까 어스름 땅거미에 비록 비는 지지하게 내리고

젖은 몸뚱이 위에다 마지막으로 꼼꼼 비닐을 덮습니다 소용없는 비닐도 함빡 비에 젖고 젖은 숨이 다 찹니다 이제 덥도 춥도 않아 가기 좋아요

어이, 점례씨

뙤약볕 아래 점례씨 집을 나섰다

바람 한 점 없는데 하필, 이라며
한낮 매미 지청구 한껏 시끄럽다

어디 가느라 길로 나섰나
나중에 시원해지면 갈 것이지
이 따가운 지금 집을 버렸나

볕 떨어지는 아찔 낭떠러지 피해
수복탑 헤아린 그늘 짚어 짚어 걷는다
한 발 한 발 바싹 말리며 걷는다

누구 만나러 길로 나섰나
나중에 자욱해지면 갈 것이지
구태여 오늘 짐을 벗었나

굽은 등에 불볕 타래 바리바리 지고서
없는 길 걸어 없는 곳으로 느려터지게

걱정이 팔자인 매미만 안타까운데
바람도 감히 나돌아다니지 않는데

갓난이 걸어들어간 소실점이 딱 하얗다

코끼리와 소년 사이에

코끼리와 소년 사이에 옥수수꽃이 핀다

킬리만자로 아래 탄자니아 반유목 마사이족 척박한 옥수수밭에는 군데군데 어른 키 높이의 망루가 섰다 기다란 노을이 능두고 지는 망루 위에서 소년들이 짬도 없이 사방을 살핀다 싼값에 고용된 소년들이 코끼리 떼를 찾는다 망루 앞에는 옥수수 마른 잎을 모아 지핀 모닥불이 오르고 불티가 오르다 까무잡잡한 별이 되어 빛나는 사이에

코끼리와 소년 사이에 그믐의 말이 있다

세렝게티를 다 지나온 코끼리는 이슥한 밤에야 들이닥친다 그들만의 저주파 신호로 드디어 옥수수밭을 찾았다 코끼리 떼가 옥수수밭에 들어서서 옥수숫대를 먹고 밟고 돌아다니는 사이에 소년들과 농부들이 넓고 깜깜한 밤을 찾아 달리며 함성을 지른다 손전등 몇 휘돌리다가 성난 코끼리에 받히고 코끼리를 다시 미워하게 되는 사이에

미워하지 말자는 소년이 코끼리와 소년 사이에 있다

그믐의 말을 알아챈 소년이 작정하여 장에 나가 콘돔을 샀다 그 안에 고춧가루와 화약을 쟁이고 불을 붙여 암중으로 던진다 화약이 탕탕 터지고 고춧가루가 퍼진다 놀란 코끼리 떼가 멀리 더 멀리 달아난다 다 거둘 때까지 일단 오지 못할 것이나 나의 말이 너에게 오롯이 달려갈 때에나 나의 말은 영영 소년의 말이고 서로 아픈 꽃인데

코끼리와 소년 사이에 마침 보름달이 뜬다

망초밭에서 하소연을 적다

군데군데 자짓빛 칡꽃 떨어져 칙칙해진 하지 둔덕에 메꽃 몇 메가폰 들고 맥없이 소리칩니다만 쑥쑥 자란 개망초가 올해도 개락이라 저는 물망초 아닌 불망초라고 언제나 제 세상이라고 하얗게 나란히 줄지어 한 흰 해를 시위하는 나른하고 아련한 한낮입니다

저 먼 데서 올 듯 말 듯 구불구불 날아온 귤빛부전나비 한 잎 팔랑거리며 이 꽃 저 꽃 희롱하더니 마침내 젖힌 바소꼴 참나리 한 꽃 술에 앉았습니다 하늘나리 아니고 땅나리도 아니라니 옳거니 참 좋거니 막연하여도 막역한 사이 되어 볼까나 울 듯 말 듯 비가 오네요

하도 하소연하길래 네 네 듣습니다 내내 듣습니다 내가 뭐라고 나더러 어찌하라고 보슬보슬 가랑비 방울방울 꽃잎을 적시며 촘촘하게 간질이니 언제부턴가 모두 네 하소연입니다 그래요 잘 듣겠습니다 들은 척도 제대로 하고 듣고 나서 속 시원해지도록 참하게 끄덕일게요

내 젖은 날개 접고 도로롱 대롱 입도 말아넣고 귓바퀴 돌아 도랑을 돌아 입술 언저리까지 와 꽃 우산마저 꼭꼭 접으

면 화답으로 내 하소연 맞춤히 시작할게요 혹 그래도 아직은 네 하소연을 듣고 있어요 네 네 듣고 있어요 줄곧 당신생각뿐인 걸요

쌍화점

차 한잔하시겠어요

우리는 하나로 끓지 않고 따로인지
우리는 그윽한 내면이 어디에 있어
맹탕인 이 시각에 차를 우려내는지

그대를 울리는 나는
나를 우리는 그대는 쌍벽이라
우리는 왜 기어코 따로 울려하는지

우리에게 어디 잔잔한 심연이라도 있어
차차 가닿아 알게 된다면 좋겠지

깊이 안아들고 하나인 듯 까무러치면
좋아 죽겠지 죽어도 좋겠지
죽어 좋겠지 우리를 우리는 우리는

이 어둠도 하마 맹탕인 걸 알듯이
찻잔도 빙그레 실금이 오래가듯이

허탕인 채로 마냥 죽어도 좋겠지
철천의 원수라서 인제 그만 죽었겠지

그대가 좋아하는 차는 어떤 차력으로
그대를 우려내는지 묻지 않아서 좋고

능소화 툭툭 지는 자리 이 화점에서
그저 차 한잔이면 족하고 죽이니

나도 곧 그리 자러가겠지
좋아 죽어도 그만 좋겠지

우리는 더없는 쌍벽이라는데
그래도 차 한잔 꼭 하시겠어요

오이가 휘는 까닭

미시령 선바위 돌아치는 계곡물 말가니
비실한 백다다기 몇 개랑
수박 한 통 담그고

마짐처럼 흐르는 산물이 멈춘 듯
되려 수박이 거슬러가는 듯
좀 있으면

자갈 밑 가재 기어나올 즈음해서
오래 매맞듯 목물 맞은
오이는 불끈 자라 휘고
수박은 이래 만삭이 되는데

여럿이 수박 쪼개 먹고
껍질 다시 맞추는 일 없어도
수박씨 낱낱 골고루 뱉어
씨 물어갈 가재 또한 없어도

흐르는 물 다시 와장창 흐르게
휜 오이랑 수박이랑 건져

좀 있으면

저 오랜 용두에

선바위도 인제 너럭바위가 되고
바위 타앉아 오이 꼭지 뱉어도 보고
가재처럼 슬금슬금 한생 거슬러도 가보고
까닭 푹 삶아내 그놈 다리빼기 살도 좀 뜯어보고

좀 있으면
짐 벗은 말말뚝 타고 내쳐 달려
다닥다닥 다가닥 팔도강산 다 갔다오시겠어요

해답蟹畓

읽지도 쓰지도 않고 멍하니 겨우 하늘만 보네

가깝지도 멀지도 않은 저 푸른 여덟 폭에 숨어든

왁자지껄 개구리 잡느라 가만히 외다리로 콕 박혀서

무논에는 짱짱한 매지구름 한 접 나고 가는데

너의 손은 하필 나를 닮아 마른 손등에는 흐린 반점

너의 목소리도 하필 닮아 흔들리고 흔들리다 떨리고

듣지도 보지도 않고 한 달을 단꺼번에 보내네

믿지 않으면 믿을 수 없어서 별 것 아닌 일로 치부해도

낯부끄러워 낱낱이 지워도 아무도 누구라 어쩔 수 없는

미사여구 말끔히 걷어내고야 내일이 오지 않음을 아니
울고

소낙 시 하나 가까스로 트고 아득히 잊을 때까지

해답을 얻지 않아도 스스로 풀어지는 억장의 구름처럼

이 치매는 오직 너를 위하는 길 하여 나는 나를 지우고 또 풀고

날름거리는 바람의 시원은 대체 어디라 해도 할까요

게딱지논을 달려 여기로 기어이 오는 텅 빈 자의 푸른 소맷자락은

알사탕

알사탕 하나가 꽤나 번듯한 우리 우주 하나라고
입속에서 구르다 달달하게 녹아 구석구석 퍼지는 동안
깨끗하거나 깔끔한 상상이 비로소 껄끄러워지는 동안
하도 무더워 깔깔한 모시적삼 구겨져 귀찮아지는 동안
침이 고이고 침을 삼키고 다시 침을 모으는 동안
눈깔처럼 두리번거리는 알사탕 하나를 빚기 위해
어둠이 물러나는 새벽부터 새들은 깃을 털고 고르고
붉은 구름이 막 구릉을 넘어 젖은 꽃이 바싹 마르고
바람이 겨우 문지방을 타넘어 누운 잎들이 일어서는 동안
내내 달달하다가 갓 심심해지는 이 빠릿빠릿한 찰나에
저문 것들을 덮는 어둠이 스미고 새들이 놀라 깃들고
붉은 구름이 막 구릉을 넘어 마른꽃이 이슬을 맞고
바람이 덜컥 유리창을 깨뜨려 떠들던 입들이 치를 떠는 동안
침이 고이고 침을 삼키고 다시 침을 모아 뱉는 동안
개구리 양치하듯 눈깔사탕이 양 볼 가득 불룩해지는 동안
알사탕 하나가 제법 깍듯하고 검소한 우주 하나라고
더운데 힘 빼지 말고 이리 와 사탕알 하나 빨아봐
깨물어 먹지는 말고 오래오래 우리 오래 다 가도록

부운허실반차도

여물어 저물어 저민 것을 여미어

어쩔 수 없이 나를 한껏 몰아 돌아보면
저 허허실실 떠가는 구름이야 노을이야

나의 초년은 말랑말랑 말라깽이 말썽거리고
나의 말년은 헤살하여 헤실바실 스러지나니

나는 부용의 공란을 떠도는 중년重年의 부랑아

저 꽃피어 헤지는 두루마리구름 두루 보아

그림자가 뭇 그늘이 되기까지

태초에 바람이 일었고

이 나무에서 저 나무까지 가는 동안 뙤약볕이라 훅훅 달아오른 흙을 타박하며 타박타박 천천히 더 찬찬히 걸어도 등허리에 땀이 차올라 정수리가 뜨끈해 이 집에서 저 집으로 매일 이사 가는 동안 더운 숨은 차올라 겨워 무딘 발은 붓고 젖은 옷은 무거워지고 지겨워지고 우스워지고 먼지 풀풀 풀잎 위로 날리우매

간혹 구름 그림자 저리 사붓하게 지난단다

그 그늘 찾아 허위허위 제 길을 버릴라

잠자리처럼 잠잠히 바람을 탄다

개망초처럼 서서 비틀거린다

지렁이는 말라죽었다

지금도 바람이 불어서

내 죽은 그림자 차붓한 네게 오붓한 그늘이라도 되는 동안 앞으로 조붓한 바람이나 더할까 다붓하여 가붓가붓 나붓나붓 갸웃대는데

먼 산 천둥이 먹그늘로 먼저 성큼성큼 온다

내 매미지

어쩐지 요즘 가난한데 힘빼문다 싶더니 영랑호에 녹조 지천이야

간밤 수달네 갈 데 가느라 지난 자리마다 갈대 대궁 구겨져 어수선하더니만 오늘은 씩씩하게 털고 일어나 바람을 타네 갈대도 간지럼을 타네 가는 거먹구름 배꼽노리도 탈탈 터네

자맥질하는 민물가마우지 물속으로 쏙 고꾸라지면 사위가 냉큼 고요해지는데 간섭하던 동심원 다 사그라지자마자 갑자기 매미가 울어 햐 그놈 소리 올 여름도 울울 절창이어라

물 밖으로 불쑥 튕겨나온 날렵한 부리 새 숭어 새끼 기어이 다 삼켜져 들어가는 동안엔 매미 소리 잠잠해 잠자리 두엇 저리 짝지어 달아난 후로도 두리번거려도 매미가 없어

다 자란 왜가리 떠난 소나무에 후투티 가다 말고 제 길 찾아가듯 초목처럼 무성한 건 무심한 바람이지 저 먼 산 벌써 시커메 좀 있다 또 소나기 오련 내 마음 얼마나 회오리치련

바다로 간 그대 돌아오기 전까지는 여전히 지쳐놓은 내 마음이지

해씨네 텃밭

간밤 자다 깨다 누에잠마냥 설치고 이제사 폭염 좀 사그라드나 싶더니 좀 있으면 동튼다고 횃대 오른 수탉이 길게 울어젖힙니다 자꾸 우니 시끄러워서 다시 열불이 나요 눈곱자기 떼고 마른세수 마치자마자 아저씨는 오토바이를 몰고 텃밭으로 갑니다 이제 자전거를 타지는 않아요 식전 댓바람부터 땀을 쏟기가 거식하잖아요 가끔은 트럭을 타고도 갑니다만 그건 실을 것이 많은 저녁 때라야겠지요

도라지꽃 지고 난 자리 역시 도라지 흙 오늘도 튼튼하고요 쑥쑥 자란 해바라기 씨알 굵고 시커먼 게 아주 탱글탱글합니다 옥수수는 지난 주에 벌써 실어날랐으니 누런 옥수숫대 근처 김장배추 자리만 잠깐 돌아보고요 손바닥만 하게 퍼질러진 깻잎은 딴딴하고 시퍼런 게 고소해서 좋아 미소도 실핏 짓고요 빨개지는 고추가 좋아하니 이래 더워도 그저 따라 벌개져도 좋고요 저쪽 논에서 그물그물 불어오는 바람자락 벌써 후끈하다니 오늘은 잘생긴 호박이나 하나 골라 싣고 얼른 집에 가렵니다

어이 해씨, 잘 자라나 잘 여무나 나 대신해서 잘 지키시오 있다 소나기 다 뿌리고 환해지면 올 테니 그때 또 봅시다 해씨에게 인수인계를 마친 아저씨는 오토바이에 호박 궁디 잘 모셔 앉혀놓고 아침 자시러 돌아갑니다 아직도 수탉은

싹싹하게 온 동네 깨우고 있는데 해씨에게 밭을 통째로 넘기고 간 이 아저씨는 성도 이름도 제대로 몰라요 글쎄 오토바이 방구 소리라도 자주 들어본 당신은 좀 아실랑가

니 등에 등에

야야 니 등에 등에 붙었다야
송아지 궁디에나 붙던 놈이
하필 니 등에 달라붙었다야

훠이 훠이

눈만 꿈뻑꿈뻑 갈 길만 가니
뚜레도 없는데 한 길만 하니
니가 소맨키로 난 길만 차니

훠이 훠이

엎드려 자지 말고
이제는 누워서 자그래이
등에 든든한 등딱지가 앉게시리

니 등에 피 빨아먹는
등에 같은 놈 더는 붙지 않게시리

그래 하늘 보고 누워서

가끔 온 길도 곰곰 짚어보래이
본디 되새김질이야 니 특기 아이나

훠이 훠이

등에 업은 구름도
바람도 나도 다

니 편이니까 알았제

봉래, 산에서

그대 만나러 다시 오래 올랐는데
쑥밭에 명아주밭에 아무도 없고

쑥대 씩씩하게 자라 먹을 게 없고
명아주 내 키를 넘으니 나도 없고

울창한 산이 산을 감추니 푸르네

푸른 속 푸른 기운 푸르른 그대를
만나러 깊은 골 아픈 목으로 가면

쑥대밭도 묵밭도 저 바깥마저도
싹싹한 여름 길러내는 힘밭인데

푸름이 다하면 그대를 만나려나
흐르는 물마저 푸르면 어쩌려나

산이 다하여 약속도 서러운 밭에서
나도 푸르러 무덤덤한 무덤길에서

3부

개미가 일을 간다

개미가일개미를물고간다개미가무당거미물고간다개미가뒤영벌을물고간다개미가밀잠자리물고간다개미가집파리를물고간다개미가옥수수알물고간다개미가민달팽이끌고간다개미가지렁이를밀고간다개미가맛동산을먹고간다개미가나뭇잎을지고간다개미너도밤나무이고간다개미가산사를허물고간다개미가범종을때리고간다개미가설악을떠메고간다개미가먹구름떠안아간다개미가작달비를추려간다개미가먼살별을몰고간다개미가달도부숴먹고간다개미가개미집을헐고간다개미가제이름을얻어간다

어쩌면 좋아

청초천 앞버덩 질척한 논둑 아래
콸콸콸 넘쳐흐르는 도랑물 보소

태풍이 다 큰 벼 깡그리 자빠트렸소

둑비탈 애기똥풀 노란 발만 구르고
갈대 수크령 다시 쓱 일어서는데도

누런 벼만 깡그리지 못하는 깡밤

난 미련한 왜가리처럼 두고 서서

어제도 오늘도 하 일으킬 손 없이
내 손은 남의 손, 손도 아닌 앞발

벌레먹은 감잎 자꾸만 떠내리는데

뛰어놀던 보름숭어 떼 잘만 있을까

여부가 있겠습니까

담벼락에 호박이 열렸는데
그러다 아주 늙어버렸는데

너무 높아 따는 이 없어

며느리 딸내미도 손잡은 호박잎
가을볕 따가워 비썩 말라가는데

너무 깊어 보는 이 없어

담벼락도 아주 없어지면
호박이 없고 나도 없어서

따로 여부가 있겠습니까

하늘소

밤새 호우를 피해 지붕으로 올라간 소떼를 우리는 다음 날 저녁 뉴스에서 보았소 물이 모두 빠진 후 지붕에서 내려오지 못하는 소들을 구하는 마음도 따라 보았소 참으로 비통한 소식이었소 하지만 우리는 다 보지 못했소 어두운 밤 큰물을 헤치며 한 무리의 소떼가 마침 지붕으로 간신히 올라서는 용기를 보지 못했소 올라선 지붕이 난파선처럼 찢어지고 부서지며 흔들리는 걸 따라 보지 못했소 세차게 흘러가는 흙탕을 그 큰 눈을 꿈뻑이며 밤새워 지켜보았을 텐데 그래도 서로를 걱정하며 귀를 기울이고 눈을 마주치며 버텼을 텐데 무너지는 지붕을 겨우 딛고서 가느란 영원을 속절없이 지나왔을 텐데 우리는 차마 보지 못했소 뉴스 마무리에는 마취총을 쏘아 크레인으로 들어내리는 안타까움을 숨 없이 지켜보았소 그 후에 소떼가 모두 어디로 갔는지 앞으로 어떻게 살게 될는지 더는 물어보지 못했소 우리는 더없이 부끄러워 서로를 알아보지 못했소 우리는 지금 이렇소

지리한 장맛비 그새 그치고 장렬하게 드러난 햇살에 젖은 날개를 말리러 나왔소 호숫가 굵은 벚나무 두른 잠복소 그늘에 여태 버티다 이제야 간신히 나왔소 한참이나 걸

려서 다 마른 날개를 부비고는 드디어 하늘길로 하늘소를 찾아 비장하게 날아올랐소 이 쓸쓸하고 헛헛한 하늘을 온통 날아 아야 어디로 가겠소 아득한 흙탕을 얼마나 걸어 아야 어디로 가겠소 우리는 하도 부끄러워서 감히 서로 소인 줄도 알지 못하고 꿈뻑꿈뻑 아무렇지도 않겠소 비는 허물어진 하늘에서 내리는데 우리는 그저 매일 차오르는 낮은 지붕을 걷고 있소 내일도 비가 오겠소 달무리 무너지는 걸 너도 보았으니 아야 우리는 덜컹거리며 어디로 가야 하겠소 젖은 세간은 모조리 내놓았으니 다시 모조리 젖을 것이고 널어 말린 비련은 떠내려간 집은 지붕은 우리는 내내 이렇소

육추

아뿔싸
간밤 소나기 치는 동안
바람이 그예 가을을 낳았더군요

지독하게 새하얀 망초밭에서
씨알이 굵어지는 해바라기 아래서
축 늘어져 그늘을 말리는 잎사귀 사이로

붉은 알을 깨고 나온 새끼를
먹이를 물어다줘야 할 비린 새끼를
날개깃을 말려 창공을 그어야 할 새끼를

텃바람이 무장무장 키우고 있더군요

올해도 무더운 여름 어찌 견디셨소

굽은 등짝이 익고 먹줄친 이마 고랑으로
얼마나 많은 시름이 다림줄을 내렸소
앞으로 더 얼마나 여름을 넘어야겠소

자라는 것은 쇠하는 것을 좇고
쇠하는 것은 자라는 것을 놓고

그나저나
시원해서 이제 좀 살겠소만
가을이 당신처럼 제대로 추하랴만

세상은 말도 많고 알도 많고 일도 많고
사람도 나무도 뜬금없는 곡절과 풍파요
가을은 아뿔싸 비썩 마른 백골이더군요

옳다구나

상수리나무에서 떨어진 도토리 하나가 토동통 튀다가 이내 비탈을 데구루루 굴러가다가 미치광이풀을 지나 새파란 달개비꽃 옆에서 멈춰 섰다 아까부터 자꾸만 귀찮게 좇아오던 눈어리개를 가까스로 물리치며 가볍게 허리를 구부리는데 난데없이 나나니벌이 지나치기에 줍던 도토리를 아차차 놓쳐버렸다 닭의장풀 옆에서 다시 구르기 시작한 도토리는 두메부추꽃과 꽃범의꼬리를 지나치더니 이제는 족두리꽃 옆에서 멈춰 누웠다 족두리꽃에 잠시 앉아 쉬던 장수잠자리가 제풀에 놀라 떠나는 바람에 다 잡은 매끈한 도토리를 또 놓쳤더니 이제는 가장 흔하고 흥한 벌개미취 흠흠한 군락을 훌라당 가로질러 에구머니나 그만 연못에 빠져버렸다 못에 빠진 도토리 하나를 몹시도 안타까워하는데 도토리가 못으로 빠져든 순간부터 갈대와 부들은 잠깐 깡마른 몸을 부르르 털었고 수면 위의 개구리밥과 생이가래 일부는 자리를 조금 옮겨 앉는 시늉을 했고 흰 수련은 막 피다가 또 막 지기 시작했고 퐁당 빠졌다 쏙 올라온 도통 가라앉지 않을 도토리 하나는 반쯤 굴절된 몸통을 제대로 울렁거리고 있었다 못에 빠진 도토리 하나를 못내 아쉬워하다가 마지못해 굽은 허리를 천천히 펴는데 마침맞게 갈바람이 한차례 시원스레 불어가고 아까 저 갈참인지 졸참인지 물참인지 돌참 신갈인지 떡갈인지 상수리나무에서는 키재기를 모두 마친 상수리들이 우수수 떨어져 투당통탕 튀어가다가 날 알은체도 않고는 좁은 산비탈을 내리질러 서둘러 내빼고 있었다 그래 참 다 알았다

깨끼춤

깨끼춤을 출까 거드름춤을 출까

따로 산대도 없는데 아무 말 잔치가 열렸다 너와 나는 난봉이라서 꽃마다 달겨드는 꿀벌 깨끼발로라도 뛰어서 한바탕 추파로 던질까

난조와 봉황은 기껏해야 속좁쌀이라 서로 갚을 길이 없어서 거드름 피울 까닭도 없어 무슨 말을 해도 영 가닿지 않는 마음이라서 하도 미안하고 섭섭해서 울기도 뭐해서 까짓 여보, 깨끼춤으로 출까

종일 집에 눌러먹고 있으면 내 뱃구레에 뭐가 들었는지
머릿속에 어떤 말이 차 있는지 다 아는 게 식구라서 잔소리더니

너희가 추렴한 시를 모아 읽고 이제야 나도 설핏 알겠다
그 말이나 저 소리나 같을 것도 다를 것도 없어서 너와 나는 혈혈 난봉이라서

제사상에 오른 깨끼떡이랑 뽀송송한 깨끼복숭아나 돌려

먹고 깨끼적삼 깨끼치마 휘휘 돌아가며 깨끼발 겅중겅중
깨끼춤이라 마주 출까

예끼 이 사람아
꿀벌도 나름 도가 있는데
그만 여 와 한잔 끽 받으소

들깨를 싣고 가네

가을걷이 마친 볕 좋은 도리원길로
자전거를 타는데 경운기를 만났네

두렁에서 올라온 경운기를 따라서
고운 흙먼지 자욱하게 피어오르네

난 앞길을 놓쳐 두리번거리는데

들깨 터는 냄새가 진득하여
들깨 터는 소리는 없어도
들깨 타는 냄새가 고소하여
들깨를 찾는데 들깨를 찾는데

경운기는 탈탈거리며 저기 앞서가고
깻단 위에서 주근깨 노파 빙긋 웃어주네

나는 자전거를 겨우 끌고 가지만
자전거는 나도 거뜬히 싣고 가니

나 말고 여기 이제 더 실을 게 무언가

직박구리가 직박구리를 부르는데

직박구리가 산딸나무에 들어
붉어진 열매를 쪼며 찍찍거려요

직박구리가 붉은 산딸을 콕콕 쪼며
먼 데 직박구리를 자꾸만 부르는데

햇살은 따갑고 그 그늘은 선선해
직박구리가 직박구리를 부르는데

몇 날 며칠 붉어서 너는 오기는 할까
그늘에는 먹다 만 산딸만 죄 흩어지고

먼 데 구름은 산을 넘고 바다로 가요

말을 하면 단풍

꽃이 말을 하면 좋겠어
너는 구절초야 쑥부쟁이야

벌레도 말을 하면 좋겠어
너는 하늘소야 하늘말이야

너도 말을 해주면 좋겠어
지척의 너는 하필 나야 굳이 너야

말을 하면 곧이곧솔 들었으면
열병 든 네 말 들을 수 있으면

먼 귀가 활짝 열렸으면 좋겠어
네 말 주름 펴서 들을 수 있다면

단풍든 예까지 달려올 수 있겠어

솜씨가 좋아

쑥대머리 깻단 묶어 세우고 돌아서다
쭈그렁이 늙은 호박 걷어차고 말았네

그 바람에 나란히 마주한 호박 한 쌍
금혼식이라도 올려주랴 금실이 좋구나

귀밑머리 은발 묶고 가체라도 얹어주랴
어지간히 부럽구나 주름은 오간 데 없게

은근한 달빛에야 타오르는 고단한 숨결

서로 참하게 어루만질 손 없다 하였으나
저리 뒤엉킨 넌출 네 것이냐 내 것이냐

밭걷이 끝난 텃밭에 까치가 콩콩거리고
이슬 내린 김에 설핀 서리 설핏 오겠어

내가 이쪽 잡을 테니 이녁은 저쪽 잡아
어여로 깻단 위로 어서 비닐 덮어야겠고

영면에 들다가

영민한 너는 이미 서산 두루 구름 두른 달마봉과 울산바위 영지에다 책갈피 빛기둥 촘촘히 내리꽂으며 영원한 극성의 밤을 부르고

다들 기나긴 잠이라 하는데 말썽스러운 가슴팍 꼭꼭 곱씹어 눌러 가막사리 스란으로 달고 담고 닫고 살아야 잠도 영 스렁스렁 이루고 헤벌레 고픈 서음書淫의 꿈도 마냥 이어 꿀까 하는데

쑥부쟁이는 구절초 아니라 하고 구절초는 쑥부쟁이 아니라 하니 갈대거나 억새거나 그 사이 대롱대롱 해롱해롱 가슬가슬한 해먹을 건 거미가 지극정성인 꿈을 그 새끼가 배를 가르고 우는 어미를 모조리 먹어치우는 꿈을

청대산 아래 굽어보이는 청초천 앞버덩에 빼곡하게 정렬한 논배미 평생 거둔 서가書架처럼 차례차례 훑어 든든하게 영근 벼 고개 숙인 이삭을 낱낱 헤면서 한 톨이 한 줌이 마침내 햇살 한 가마로 수렴하는 고마운 추렴의 꿈을

농협 마당 반 톤 쌀자루에 포르르 우르르 몰려든 온 동네

참새 떼랑 하마 가을 몰고 개울 모래톱 자리잡은 청둥오리 떼랑 탈탈탈 헌 경운기가 군데군데 뗠군 개흙덩이랑 모아다 이겨 뜨끈뜨끈한 소똥으로 죄 일어서는 꿈을

봄에 피던 애기똥풀 얼추 가을에 와 더 우겨 피고 봄에 떠난 어둑서니 잠자러 예 다시 찾아왔으니 너와 한자리에 누울 여뀌랑 마타리도 귀뚜라미 낮은 소리 좇아 들으려 하늘 속 넉넉한 잠자리를 찾는데 참새야 참새야 늘그막 해동청 나르샤 이리와 어서 와 함께 누우렴

저 영마루에 걸친 너나들이 바랜 꿈을 직조해 구름 잠옷 고운 피륙을 지어보자야 코스모스 수를 놓아 영영 가더라도 곱게 가보자야 이제 눈 감아도 책을 읽어주지 않아도 그냥 좋으련

청대산 청려장

청대야, 너 바다로 올래

시린 산그늘 날로 깊고도 넓어서 지천에 함부로 스민 자곡한 물비린내 걷어낼 수 없어서 바람에 날리다가도 은빛 칼날로 선뜩선뜩 낯빛 썰어내는 거미줄처럼

너를 거두고 쟁여 잠잠해지는 밤 징징대는 파도는 멀어서 멀미도 졸음도 거짓도 참 없고 멀뚱멀뚱 밤눈 아주 밝은데

명아주 잎이 참말로 붉다

잎 다 바래다주고 바싹 마른 한 줄기 노심으로 골라 맨질맨질 오래 다듬어 짚어 꼭꼭 짚어 너도 바다로 올래

정상으로 갈수록 바다가 가까워

청려한 당나귀 타고 덩실거리듯 넘실거리듯 옷깃 세운 하늘은 멀어 구름을 희롱해도 멀어

짚어도 알 수 없는 깊이라도

너 없더라도 청대야, 지팡이 홀로 짚어 하냥 올래

소꿉

밤새 불린 미역을 볶아 국을 끓이고
알맞게 뜸들인 밥을 공기에 담아
수저와 가지런히 놓았네

가볍게 살자 하고

사건사고가 끊이지 않는
말이 되지 않게 너무한 오늘에
유난히 무난해서 곤란하지는 않은지

반달은 상현이나 하현이나
무섭고 두렵고 또한 간드러져서

밥과 국에서 오른 김이
하얗게 하얗게 달까지 이르는 동안

다시 가볍게 살자 하고
우리 이래 소꿉이나 놀자 하고

그대가 좋아하는 빛깔로

밤새 깔깔거리며 내가 물드는 동안

두렵고 무섭게 간드러져서는
우리 이래 소꿉 놀다 가자 하고

만천리 도리깨바람

1

가을볕 아래 두 사내가 들깨를 오지게 턴다

뭇매 맞는 깻단에서 먼지 술술 살아오른다

사내 둘 오래 격조하다가 한자리에 섰단다

2

쉴 겸 턱짓으로 함께 올려다보면
만산홍엽인데 정수리마다 허옇다

간밤 여기는 숱 적은 비가 왔는데
저기는 눈이 서걱서걱 제법 왔단다

여기는 만만한 논이었는데 밭이었는데
거기는 먼 산이고 옴팡진 골이었단다

들깻잎도 갈잎도 나도 갈 길 가는데
오래도록 마주하고 아무 말 없었단다

찬 볼 어루만진 우리는 증기기관을 달고
허연 입김과 콧김으로 들에 우뚝 섰단다

3
도리깨꼭지가 빠지도록 시간이 흐른다

그래도 우리는 씩씩한 도리깨 아들이다

꺳내 꼬숩다 못해 지지리도 서럽단다

방증

왜 그럴 때가 있잖아 정신없이 걷다가 너를 생각하며 걷다가 건널목 앞에 섰는데 빨간 불이라 섰는데 도로를 무단으로 굴러다니던 낙엽 하나가 작정이나 한 듯 곧바로 내게로 질주해 올 때 그럴 때가 있잖아 하필 내 발 밑으로 굴러와서는 잠깐 나를 빤히 쳐다볼 때 너를 생각하다가도 바싹 말라 구겨진 잎 하나 때문에 완전히 너를 잊어버리는 그럴 때가 있잖아 그동안 세상에 네가 함께 살았나 싶기도 하고 내가 지금 어디서 와서 어디로 가려 이렇게 멍하니 서 있나 하는 그런 때 은행나무마다 언제 저 노래진 잎들 생글생글 매달았나 싶어지는 왜 그런 때가 있잖아 정작 낙엽은 파란 불이 켜지기도 전에 벌써 나를 스쳐 어디론가 사라지고 내가 마침내 정신차렸다고 짐작할 때 따라서 너는 하도 많아 하나도 없고 비로소 나는 건널목 하나 간신히 건넌 셈일 때 왜 그런 때가 너도 있잖아

물매화를 만났고

감잎 쪼그라들자 대추알 코 붉어져

사람도 가고 집도 절도 가고 나면

양지바른 터엔 그저 노각만 무성해

오래 버려진 현판 바랜 틈새로 반짝

반짝 물매화 피어나 박각시 날아와 허공잡이 내내 간드러진 어름사니가 뉘고 떨군 합죽선 주워 달아난 꽃나비는 뉘더냐 푸르고 팽팽한 줄을 타는 너 어디 있다 이제 와서리 거기 마저 붉어 끊어지면 영영 어디 가려하느냐

물매화를 만나 물어보면 물론하겠고

울산바위의궤 넷

울 산, 우는 산, 운 산에 와서

이 바람이 우는가 저 바위가 우는가

네가 울 때 보지 못한 우리가 이제 우는지
어디서 온 누군가 다녀갔을 행사의 비망록

동트면 내 긴 그림자 잠깨 놀라 울며 울산으로 달려갔지만 이내 나만큼 쪼그라들어 종일 나를 비일비재 맴돌고 날 저물면 다시 늘어진 그림자 짙어져 동해까지 돌아가 뒤척이면 네 큰 그림자와 하나로 얼워 울고 둘로 드잡아 울고

흐르는 눈물 살얼음으로 얼더니 네 발간 뺨 트고 그 틈에 우긴 말도 덩달아 매얼음으로 바위보다 단단해진 빙폭, 이제 겨울이 오면 더는 가지 않을 텐데

울 안에서는 인사가 죄 만사인 율령이라
깊은 어둠 끌어다 방명록에 꼭 적었으니

울던 가시버시 이제 서로 보며 웃고

달빛 받아 울지 말자며 구름도 웃고

운 산, 우는 산, 하여 끝내 울지 않을 산으로 가고

억새가 갈대를 불러

입동 지나도 아직 소설 전이라

빈 논귀 곁으로 재잘대며 가는 냇물 따라

부신 윤슬 까불며 쉬이 흘러가지를 않아

개미가 다친 개미를 업고 가요 쉬지도 않고

절름거리며 가다 쉬는 사마귀를 앞질러가요

개미가 돌아와 사마귀를 마저 업고 가요

바람은 찬데 햇살은 고마마 자글자글해서

우리 가던 길을 함께 좀 더 이어가요

억새가 갈대를 불러 세워 어깨동무하고

나비 잠옷도 없이 온 사람이

부서진 가을이 눈부셔

별처럼 쏟아지는 막잠

이 자리옷은 수의란다

언제나 엄습하는 염습

별달리 수를 놓지 않아
희로애락 잔무늬도 없는

정갈한 사람이 잠든다

4부

닥치기 전에

이 겨울이 닥치기 전에 군불 지필 장작가리를 마련하는 건 일도 아니고

다시 오는 겨울의 흐트러진 머리칼 빗길 촘촘하고 튼튼한 보라 빗을 깎거나 하릴없이 쌓이는 함박눈 길 곁으로 밀어낼 너끈한 넉가래나 머나먼 그대 뽀득뽀득 찾아갈 때 마침맞게 신을 칡 설피라도 미리 구해다놓는 건 더욱 아니겠고

겨울이 아주 닥치기 전에 지난 겨울과 지난 봄과 여름과 가을을 바리바리 쌓아두는 게 일이고 지지난 겨울과 더 오래되어 잊힌 겨울을 닥치는 대로 싸잡아 묶어 칡소 콧김 훈훈한 장작바리 위에 든든하게 얹어두는 게 기쁜 일 아니겠나

마침내 겨울은 속곳으로 느닷없이 쳐들어와서 내가 원 없이 한 없이 마구마구 노인이 되는 걸 당당하게 이루어줄 것이기에 요 쓸데없는 입이나 닥쳐야 하지 않겠나

그 먼 데서 그대도 옴팡이야 팍삭 늙어 여겨볼 만할 테니 참말 일이겠고

춥다

춥다는 차갑게 아프다의 준말

찬바람에 찬물에 차디찬 세상
춥다는 내가 아직 따뜻하다의 힘준 말

찬바람에 찬물에 차가운 눈빛
춥지 않기를 바라는 마음이 식는다

식는다는 따뜻하다가 죽는다는 말
따뜻한 네 눈빛으로 따스해지는 바람
따스한 네 입김으로 엔굽이치는 강물

그래서 춥지 않기를 바라는 마음이다
네가 아직 따뜻하고 내가 아직 따스하니

찬바람에 찬물을 뜨겁게 이겨내고
그래도 풀 한 포기로 쑥쑥 일어서기를

춥다는 아파도 이겨낸다의 힘쓴 말
따스한 햇볕에 아지랑이는 풀씨

다시 풀밭으로 까마득해진다는 말

그래서 문 너머 밖으로 쑥쑥 뻗친다는
너와 내가 열심히 손잡고 갈 수 있다는

힘겨운 말, 힘들여 세차게 외칠 말

얼음화석

아버지, 날 캐내시고
어머니, 날 고르시니

아버지, 막장에 들어가 시커먼 날 캐내시고
어머니, 선탄장에 종일토록 서서 날 고르시니

아버지, 갱이란 갱마다 갱목 업고 끌고 다니며 날 캐내시고
어머니, 탄차 따라 나온 얼음화석 중에 곱디고운 날 고르시니

아버지, 어머니

열 량 탄차 따라 달리던 소녀
지금 어느 갱도 따라 실려와서
지글지글 뜨끈한 열을 내고 있느냐
탄차 베어링 구해다 구슬치기하던 소년
데구루루 떠밀리고 치이고 끝장까지 굴러와서
아무렇지도 않게 하얗게 탄재가 되어가고 있느냐

집게로 집어올려 불구멍 맞춘 십구공탄
자꾸만 시린 별 맞춰보듯 올려다보시던 한탄

하얗게 버려졌지요, 아버지
까맣게 잊혀졌지요, 어머니

또 한 차례 와르르 갱 무너져 내렸다지요
따신 주검 한차로 시키면 얼음 곧 배달합지요

대밭에서 답하다

자유시장 안에는 대밭촌이 있었고
밤새 신음하는 여자들이 있었고
상수 단짝 성수가 살고 있었고
어쩌다 날 풀리고 몸 풀리면
사립짝 쪽방 문 휘휘 열고
볕 좋은 쪽마루에 나앉아
뽀얀 맨발 서로들 내밀고
자줏빛 매니큐어를 발라주거나
뭉개진 눈썹 같은 발톱 톡톡 깎아내는
하영이 영희 은이 분이 같은
엄마와 이모와 누이가 있었고
날만 새면 쑥쑥 자라는 성수가 있었고
학교 가자 부르는 단짝 상수가 있었고

마루 위 닳고 닳아 맨들맨들해진 문지방
그 너머 음습한 무저갱의 부질 속으로는
더 들지 못해 주저하는 빛이 내내 있고

바람도 어리어리한 검푸른 대밭에는
풀어헤친 적나라한 입성만큼이나

함부로 떠벌리지 않는 입이 살았고
그게 순전한 알몸의 답이었으니
살다 살다가는 말짱한 허공마저
말짱 다 측은해지는 쪽방이 있었고
말 버리고 마주 보며 잔잔 짐작하면
그게 쓸쓸해지는 정갈한 답이었으니
붉은 손아귀랑 손아귀가 얼싸 만나
눈빛만으로도 끝없는 악수를 나누며
간단한 말 아귀도 합합 맞아떨어져
저마다 입 꾹 다물고 빙그레 끄덕이는
결국의 마디로 곧추서는 대밭의 질문이니

유연한 유언

오늘은 복권 사기 좋은 날이다

갑을병 삼교대로 주무시는 신사택 아버지들 번을 다 알고 피하며 순라 돌듯 주눅들어 조용하게 자치기를 하다가 잠꼬대에라도 들키면 놀라서 대호성호태호 삼형제 컴컴한 건넌방에 숨어들거나 도랑 곁 황휘네 마중물로 힘찬 펌프질하고 멱을 감거나 창대네 방 가득 찬 사과 궤짝 속에서 주구장창 사과를 갉아먹거나 상길이랑 태원이네 맞닿은 담장 너머로 산에 놀러가자 부르다 지치거나 갱차 베어링 빼다 만든 왕구슬 얻어다 땅에다 십 자 구멍 파내고 호랑잡기 구슬치기를 하거나 좀 모였다 싶으면 빈 당근밭에서 종이 글러브 접어 뛰어다니며 동네야구를 하고 서울에서 전학온 하얀 병희 스카이콩콩 빌려 쪽삽으로만 하던 짓 언 땅 진 땅 가리지 않고 누가 오래 하나 시합을 하고 연탄집게로는 땅바닥에 원을 그릴 줄 알고 납작한 부삽으로는 한아름 개똥을 치우기 좋고 새해 달력으로는 왕딱지 접기 좋고 한팔 길이 고드름으로는 칼싸움이 좋고 연탄재는 눈싸움할 때 눈덩이에 넣어 속이기 좋고 발 시리면 누구네 까만 아랫목에 나란히 눌어붙어 버리는 황지 문곡 친구들, 바둑은 둘 줄 몰라도 피나는 알까기 대전으로 상처투성이가 된 검은돌 흰

돌 잃어버린 장기알 몇 알 졸도 없고 병도 없고 초왕도 한왕도 없는 이제는 이름도 가물가물해진 팔도에 흩어져버린 태백 친구들, 내 고향이 황지가 맞습니까 당첨되지 않은 주택복권을 신줏단지 다루듯 하시던 평생 농부였다 광부였던 아버지, 이 어찌나 유연한 유언입니까

시름시름 개똥밭에 굴러도 복권 사기 좋은 날은 매주 돌아온다고

炭멀미

또 얼마나 가슴 떨리는 불안의 연속인가
아버지처럼 아버지가 된다는 것
햇살은 늘 두렵고 바람은 또 어려워
아버지와 아버지가 목도로 막장을 가면서
길이 모두 사라지는 순간을 차마 보았으니
설렘은 행여나 부질없어라
미련은 속절없어 간절하여라
여기에서 저기로 겅중겅중 옮겨 다니는 건
내가 아니었더라, 너는 더 없더라
영 떠나지 못하는 망설임의 퇴적인가
아버지로서 아버지처럼 길을 나서는 것
저 찬란히 빛나는 저탄장을 올려다보면서
나는 누구에게 아름다운 이름인가

炭

열아홉 눈물 구멍의 막장 속에서 이글거리는 푸른 불꽃

을 보았나요
숨이 막혔나요
절절했나요

열아홉 구멍마다 막장이며 이글거리던 푸른 불꽃

을 죽였나요
죽다 살아났나요

꺼지기 전에 제때 갈았나요
불구멍은 잘 맞추었나요
절절 끓나요

불꽃의 품으로 함께 들어갈까요

좌대 깎는 시늉

배우고 익혔으면 이내 다 버려라

불 다 끄고 베란다에 나앉은 버리지 못한 낡은 소파에 누워 일그러지는 하현달 아래 횡행하는 높새바람 읽는다 소파는 비루한 가족사의 형상을 죄다 기억하고 있어서 허공은 늘 불안하고 불안해서 다행이고 나는 양탄자를 타고 날아가는 늙어버린 알라딘

모처럼 쉬는 날이면 절골 당골 풍전골 다 뒤져서라도 빼어난 돌을 주워오셨어 평일이면 무저갱 같은 갱에서 나오자마자 다시 내내 방에 틀어박혀 내 문구용 조각도랑 나무토막 잡고 앉아 좌대를 깎으셨어 잘디잘게 깎여져 나오는 수북한 나뭇조각을 보면서 저게 까매진 아버지 맨살 같은 하루 하루의 막장이지 싶었어 온몸으로 품어 앉히기 위해 수시로 전후좌우 상하고저를 살피시더니

마냥 살펴보고 있으면 정작 가는 줄 모르다가도 멀찍이 걸어두고 다른 생각줄 끌어당겨 잇다가 문득 바라보면 어느새 저만치 뜨악하게 가고 있는 달, 쑥 들어간 소파처럼 맞춤으로 일그러지는 가족

정작 볼품없는 돌덩이였는데 가끔 삐끗 손도 베어가며 죽은 듯 힘겨운 나날 한 획 한 획 공들여 깎아내며 기어이 딱 들어앉히고 보니 영광의 자서전을 마무리한 아버지 이제 없고

팔불출보다 더한 백팔불출 돌덩이 다 버리고 나도 이제 달덩이나 퍼질러 앉힐 좌대 깎는 시늉이라도 해야겠는데, 아는 게 없다

유행가

澈 : 눈보라가 휘날리는 바람 찬 홍남부두에

황해도 평산 아래 임진강 내다보이는 문산 살던 아홉 살 아버지 철은, 홀어머니와 두 형을 따라 그나마 막내 보따리를 둘러메고 끊어진 다리 아래 한강을 휘청휘청 겨우 건너 멀리 탄금대 위 소태까지 피난 와서 살았다, 우륵처럼 살고 싶었으나 날마다 배수진을 치며 자맥질로 소작질로 살 수밖에 없었다, 이후 의림지에서 방년의 어머니를 만나 곧 황지로 돈 캐러 와서는 아들 상을 낳았다

相 : 화약 연기 앞을 가려 눈 못 뜨고 헤매일 때

함백 태백 아래 소도에서 광산 다닌 아버지 철을 둔 아홉 살 상은, 문산이나 소태 살던 옛 말씀은 다 가난하여 별로 없다며 〈군세어라 금순아〉, 〈단장의 미아리고개〉, 〈울고 넘는 박달재〉 메들리나 들었다, 노랫말이 지겨워지면 슬쩍 밖으로 나가 까맣게 얼어붙은 개울 건너로 연탄재나 고드름을 깨뜨려 넣은 눈덩이를 휘청휘청 던졌다, 이후 소양강에서 삼도동 처녀를 만나 아들 섭을 낳았다

燮 : 문항라 저고리가 궂은비에 젖는구려

울산바위 아래 미시령로까지 와서 살게 된 아버지 상을 둔 아홉 살 섭은, 휘청휘청 둘러멘 가방에 태권도 파란 띠랑 체르니랑 일기장을 꼭 넣고 다닌다, 내일은 마침 눈이 온다니 눈싸움을 해볼까, 아니면 할아버지 애창곡에다 〈소양강 처녀〉를 얹어 메들리로 들려줄까, 노랫말이 또 지겨워지면, 반나절 눈밭을 쫓아 노루 잡던 할아버지 얘기를 해줄까, 궏이 노루 고라니 구별법이나 알려줄까

基 : 너마저 몰라주면 나는 나는 어쩌나

울산바위의궤 여섯

여섯 떨 현을 버리고 울 관이 된 악기

저 먼 언 울산에도 큰 튼 바위에도
분명 와 머물고 다투다 분연히 갔을 터

시방 우리 온기는 온데간데없어라

미시령을 넘어 여 와 헤맨 지도 서른 해

산을 더 보려면 바다로 가까이 가야 하고
바다를 다 보려면 산에 올라야 한다는 걸

나를 보고 어여쁜 우리를 만나려면
어디로 가야 하는지 미시령을 진부령을
넘나 오는 못난 구름아 모진 바람아

시방 우리 온기는 어디 둘둘 앉았나
어디로 들어 타래타래 웅크려야 하나

산을 내려 바다 가는 겨울 석호들이

영랑호가 청초호가 오호라 여기란다
우리를 들여다보는 설운 거울이란다

쨍쨍한 거울 속 번지는 온기를 찾으라며

억새가 흔들리면 따라 울어주는 사람아

딱새를 부른다

누군가 나를 떠날 때
참으로 아득하였다
떠난 이가 누군지
도통 알 수 없을 때
딱새가 울어주었다
꽁지를 까딱거리며
떠나는 하늘이 하도 아려서
딱새처럼 나도
잠시 앉아 딱딱 부르다가
떠나고 싶었다
내가 딱새를 떠날 때
딱새는 이미 떠났고
떠난 이의 마음과
떠난 이가 보이기 시작할 때
참으로 아득하였다
딱새 울음소리가 남아
텅 빈 몸은 노랗게
공명하고는 갈라졌으며
딱새는
딱 그만큼의 울음으로도 충분하였다

누군가 나를 떠날 때
딱새가 있지 않았다
딱새는
딱 그만큼의 몸짓으로도 되고 되었다
부르다가 부르다가도 떠나는
내가 되었다
딱새를 부르는 내가 되었다

울산바위의궤 셋

초저녁잠 드신 아버지처럼 다 저물면

외설악 달마봉이 울산바위가 일만이천 남금강 첫 신선봉이 다 하나로 깔린 어스름 이불에 들면

저 거무레한 거인도 눈 감고 누워 잠시 잠을 청하리라

내 저이 온기에 대해 참고 얼마나 말하고 싶었나

오르락내리락하는 울룩불룩한 배 위로 개밥바라기 찔끔 뜨고

아껴 모시던 수석처럼 날마다 마른걸레로 문질러 환하게 닦아놓으실 테니

너 역시 가더라도 영 가지는 않을 것이다만

폭설, 폭소

하룻밤 새 허벅지까지 빠지도록 쌓인
이 산더미 같은 눈 보면서도
자네, 눈 안 치우고
어딜 급히 가시나, 잉
차도 없고 길도 없구만
첫눈 내린 풍광 암만 좋아도 그렇지
개새끼마냥 싱글벙글 겅중겅중
어딜 그리 가시나, 잉
다니는 사람 생각 좀 해서
제 집 제 가게 앞만이라도
옜다, 길은 내놓고 가야지
누굴 만나 또 얼마나 따따부따하시려고
그리 들떠 가시나, 잉
햇살 맞아 뽀얀 설악 자네만 좋은가

웅, 마침 삽 부러져, 삽 사러 간다네

달빛도 좋겠고

수도 없이 두들겨맞은 곰보 낯
저 먼 달빛도 오랜
달빛도 여기까지 와 내 흐린 낯에 맞대고
울타리가 낮으면 좋겠고
보이지 않아도 어울릴 테고
그래서 달빛으로 가득 찬 흙마당에 내려서
고개 쳐들고 만끽하는데
먼데 퉁소 가락 애절하면 더 좋겠고
울 안 아름드리 가지에 걸터앉아
오래오래 늙어가도 어울릴 테고
잎 번지고 버리고 눈 쌓이고 버리고
그래도 매일 매일 달빛 기다리는데
새 찾아와 지저귀고 깃들어 잠들고
버릴 수 없어 망설이면 좋겠고
떠나가도 기껏 눈빛 한번 흔들려
달빛 닮은 눈빛
아주 오래 한번으로 어울릴 테고
처마가 낮아서 지극히 낮게 엎드려
거기 누워 영 잠들어도 좋겠고
해먹처럼 흔들리다 떠나도 어울릴 테고

저 오랜 달빛 없어도 마냥 좋겠고
그래서 달빛도 좋겠고

꼭 돌아오란 화살표

쑥버무리처럼 눈 폭 얹힌 숲에 들면

힘 빼곡한 나무는 죄다 화살표랍니다

잎은 지고 빈 가지는 누구를 가리키는지
이미 쏜 살은 어지러이 날아가고 있는지

날아가는 화살 위에도 폴폴 눈이 쌓이고

내내 주무르다 내버린 천수관음 표식 찾아 세운
나무는 나무마다 각기 다른 이곳을 가리키지요

한때는 무량무변 잎을 내질러 하늘을 가리켰으나
이제는 돌아와 언 땅에 꼭 박힌 뿌리를 가리키는데

이만 출출해지면 돌아갈 집 굴뚝을 찾아야지요
침엽 하나하나 돌아와 수렴하는 중심을 따라서

힘 빼고 봄 맞으면 쑥 자란 쑥을 캐야겠어요

울산바위 머물고

눙친 바위가 설악의 무등 타고 놀아

옴나위없는 마루금마다 뛰놀다 지쳐
보잘나위없는 꽃비탈에 내려앉았다만

해 자물면 늘어져 사라지는 산그림자
입 다물면 허물고 일어서는 달빛이여

저물 우리는 뭉쳐 다친 어깨를 겯고
더할 나위 없이 좋아 배시시 웃었지

대보름 달밤 솔밭에 주마등 걸어놓고
한 마무리는 아물어 가물가물할 테니

울울한 산은 늘 평등보다 무등이었고

홍련암

멀리 다녀온 시든 잎 언 연못 어린 햇살 퉁기는 살얼음 도로 꼬부라져 처박힌 빈 꽃대 살얼음 아래 눈빛 어두운 잉어 침침한 길은 길대로 하필 저무는 햇살

빈 방석 아래 허방에는 늘 파도가 치고 파도가 겁도 없이 벼랑을 때리고 울고 벼랑 위에다 집 짓고 방석 깔고 오래 꿇어 절하던 사람들 다 가고 떠날 이름 모아 적은 기왓장 지붕에 차곡차곡 올리고 돌멩이 골라 주워 탑 쌓아올리고 돌고 올려다보고 탑에다 짤랑거리는 동전 몇 던져올리고 깃을 턴 새떼가 오천축국으로 떠날 채비를 하는 동안 낡은 서유기 들춰 다시 꼼꼼 읽고 어두운 지리를 익히고

바람도 때가 되면 방향을 튼다

길이 길이 되는 날에는 수령이 된 배나무마다 햇살 주워 담는 오종종한 조막손 다시 달리고 목 아픈 탑 층층 하늘로 층층 도로 하늘로 날아가고 천 년이면 위태한 암자에 다시 시푸른 파도가 치고 겁도 없이 벼랑을 때리고 제 갈 길 찾은 잉어가 앙앙 울고 천 년이면 햇빛 연꽃 낡은 현판에도 들어 붉게 멍울져 피어나고

볕 들 방

그늘을 홍건히 채운 실내의 뒷문 쪽으로 천천히 오래오래 걸어가서는 옷소매를 손등까지 끌어올리고 오목한 두 손바닥을 모아 얼굴을 다 담고 배를 오므리고 무릎을 당겨 쪼그리고 마침내 둥근 등으로 뒤돌아앉으면 대성통곡의 준비가 될 것이야

비로소 눈물은 당장 푸른 옷소매를 적시고 입 밖으로 비어져나오는 질긴 울분을 꾸역꾸역 틀어막으며 아슬아슬하게 풍선처럼 부풀어오르다 보면 아무도 몰래 투명하게 부풀어오르다 보면 일순간에 팡 하고 산산조각 터져나가서 너덜거릴 것이야

마침내 그늘은 그늘을 다 잊고 살아나 환할 것이고 구태여 사라진 방은 하나도 없어 허망할 것이야

울산바위의궤 다섯

대청은 봉이라 하고 청대는 산이라 해도

눈이 내리면 것도 하염없이 많이 내리면

거기가 거기라지만 여기마저 눈이 내리면

하얗게 내리면 어이하나 나 어이해야 하나

눈보라 치는 이 반로의 평등을 어이 받드나

떠나기 전에 잠시만

어차피 갈 거니까 잠시만

여기 함께 앉아요 날 봐요
좋은 거 알아요 아니까 좋아요

짧은 햇살 참 먼 나라
바람이 불어요 새가 날아요
여기 함께 잠시만 흔들려요

가지 말라고 가지 않겠다고
말하지 않기로 해요 날 보세요
누가 떠날지 모르니까 좋아요

붉은 노을 꽤 찬 바람
좋을 게 없어요 없으니 좋지요
이제 함께 일어나요 날 봐요

어차피 질 거니까 잠시만

당신도 오랜 나무랍니다

■ 해설

나는 누구에게 아름다운 이름인가

박대성/ 시인

의궤 : 울산바위의 사계

여물 시인 신민걸. 신민걸은 2016년 『문학청춘』으로 늦깎이 등단한다. 대학 시절 '풀' 문학회 회원으로 선후배들과 시를 쓰며 청춘을 구가한 바 있다. 유년부터 시작한 문학에 대한 관심과 지향은 분명했다. 태백에서 나고 자라 춘천교육대학을 졸업하고 속초에 와 살면서 속초사람 다 되었다. 태백산자락이 키운 풀물 자욱한 문학소년 하나가 미시령 아랫마을로 왔는데 속초는 예의 스펀지처럼 신민걸을 품는다. 둘의 사랑이 시작된 것이다.

엊저녁 천둥번개 거하더니
구름으로 좌대 깎아 앉혀놓았네

저게 혹시 요망 근두운일까
고대하던 북망 결의 다스려

미끄러진 길 고쳐 지쳐 가려나

새벽에 보고 아침 먹고 보고
혹시나 반차도를 찾아보는데

구름만 허영청 허영허영 그만
아무도 아무렇지도 않다는구나

—「울산바위의궤」 전문

신민걸의 첫 시집을 관통하는 테마는 '울산바위의궤'다. '행사나 의식의 흐름을 낱낱이 옮긴 꼼꼼한 기록을 의궤'라고 시인은 뜻을 밝히고 있다. 그렇다. 울산바위가 스스로를 기록하는 '자연의궤'를 마주하며, 신민걸 또한 '산 아래 의궤'를 기록하는 중이다. "새벽에 보고 아침 먹고 보고 혹시나 반차도를 찾아보는데" 자연계의 문무백관들이 제 소임을 다하고 있는지 살펴보는 것이다. 시집은 울산바위의 사계를 계절 순으로 써나가며 "사무치게 그리운 너"를 찾아가고 있다.

밤새 통 기막혀 합장하니 동이 터

고단한 새들 주억거리며 일어나는 찰나

주름진 돌가슴 펴고 온 빛 모아 받더니

잎처럼 꽃처럼 추워 말라죽을지언정

저 빛 다 제 떠는 여섯 그림자로 주고

저도 일그러져 마침 가긴 가려나보아

진달래 울음은 핏빛 노을로 스러지는데

—「울산바위의궤 둘」 전문

울산바위를 신령으로 여기는 시인은 "주름진 돌가슴"에 합장하고 빈다. 고단한 새들의 안녕을. 여섯 개의 주봉으로 솟은 울산바위는 현실에서 가까운 피안으로 자리한다. "진달래 울음 핏빛 노을로 스러지는" 뒤를 따라 울산바위 속으로 걸어들어가는 신민걸이 보인다.

울 산, 우는 산, 운 산에 와서

이 바람이 우는가 저 바위가 우는가
(…)
울 안에서는 인사가 죄 만사인 율령이라
깊은 어둠 끌어다 방명록에 꼭 적었으니

울던 가시버시 이제 서로 보며 웃고
달빛 받아 울지 말자며 구름도 웃고

운 산, 우는 산, 하여 끝내 울지 않을 산으로 가고

—「울산바위의궤 넷」 부분

울산바위는 '전설 따라 삼천리'에 소개된 금강산 일만이천 봉이 되려다 좌절되는 그런 울산바위가 아니다. 우리 동네에는 울산바위에 대한 분명한 이야기가 있다. 울산바위는 봄여름가을겨울 우는 소리를 달리하며 산 아랫사람들을 보듬는다. 계절마다 우는 소리가 다른 산. 제대로 울 줄 아는 산이 바로 울산바위다. 울산바위의 울음소리는 곧 울산바위의 목소리이며 산 아래를 품는 가슴이며 사랑이다.

앞서 신민걸이 속초사람 다 되었다고 말한 바 있다. 태백준령에 기대앉은 울산바위를 통해 '울산바위의궤'를 기록 중이다. 하여 홍련암, 의상대, 노리, 해답, 청대산 등을 주유하며 시를 쓴다. 우리 동네 참다운 시인 한 사람이 탄생한 것이다.

여섯 떨 현을 버리고 울 관이 된 악기

저 먼 언 울산에도 큰 튼 바위에도
분명 와 머물고 다투다 분연히 갔을 터

시방 우리 온기는 온데간데없어라

미시령을 넘어 여 와 헤맨 지도 서른 해

산을 더 보려면 바다로 가까이 가야 하고
바다를 다 보려면 산에 올라야 한다는 걸

나를 보고 어여쁜 우리를 만나려면
어디로 가야 하는지 미시령을 진부령을
넘나 오는 못난 구름아 모진 바람아

시방 우리 온기는 어디 둘둘 앉았나
어디로 들어 타래타래 웅크려야 하나

산을 내려 바다 가는 겨울 석호들이
영랑호가 청초호가 오호라 여기란다
우리를 들여다보는 설운 거울이란다

쨍쨍한 거울 속 번지는 온기를 찾으라며

억새가 흔들리면 따라 울어주는 사람아

—「울산바위의궤 여섯」 전문

신민걸이 울산바위와 첫 대면을 한 지 서른 해가 되었다. 둘의 만남은 우연이었을까. 필연이었을까. "분명 와 머물고 다투다 분연히 갔을" 신민걸을 스쳐 지나간 서른 해를 회억한다. 그리고 "나를 보고 어여쁜 우리를 만나려면" 울산바위가 의탁해 지내는 영랑호, 청초호로 가자고 한다. 그 "설운 거울"에서 온기를 찾으라 한다. 거울은 온기를 지니지 않는 물상이지만 신민걸은 두 호수에 울산바위가 의지하고 있음을 아는 것이다. "억새가 흔들리면 따라 울어주는 사람"으로 둘의 만남은 필연이었음이다.

초저녁잠 드신 아버지처럼 다 저물면

(…)

저 거무레한 거인도 눈 감고 누워 잠시 잠을 청하리라

(…)

아껴 모시던 수석처럼 날마다 마른걸레로 문질러 환하게 닦아놓으실 테니

너 역시 가더라도 영 가지는 않을 것이다만

—「울산바위의궤 셋」 부분

울산바위로 아버지를 모셔온다. 아버지는 늘 하던 대로 마른걸레로 수석을 닦으신다. 아버지 손에 청려장을 들려 울산바위를 휘휘 돌게 하며 아버지를 만난다. 신민걸의 속초살이를 지켜보고 계실 아버지. 시인은 울산바위를 생명의 전답으로 쓰고 있다. 그곳에 모내기도 하고 곤줄박이, 흰빰검둥오리, 물매화를 기르며 산을 돌보고 있다. "울울한 산은 늘 평등보다 무등이었"음을 노래한다.

대청은 봉이라 하고 청대는 산이라 해도

눈이 내리면 것도 하염없이 많이 내리면

거기가 거기라지만 여기마저 눈이 내리면

하얗게 내리면 어이하나 나 어이해야 하나

눈보라 치는 이 반로의 평등을 어이 받드나

—「울산바위의궤 다섯」 전문

여무지지 않은 사람 신민걸. 신민걸은 보드라운 사람이다. 여무지지 않고 보드라운, 그래서 사람 냄새나는 사람 신민걸. 결코 성급하거나 분노하거나 남과 다툼없이 지낸 신민걸의 삶에도 눈보라가 쳤는가. 눈보라를 지나 울산바위로 돌아오는 그 반로, 회로, 회귀를 향한 고개 돌림, 울산바위를 향한 수구首丘를 본다.

'울산바위의궤'라는 이름씨를 명명한 것은 신민걸의 강한 의지다. 그래서 울산바위 태백준령 백두대간 천지간 우주로 이어질 그의 장엄한 '의궤'가 기대된다.

시 : 맑고 따뜻한 일상의 노래

신민걸의 시는 노래다. 요즘 시에는 노래가 빠지고 결여와 변명과 비명들의 수다일 뿐이다. 신민걸의 시는 시의 본질을 지니고 있다. 리듬과 하모니의 노래다.

밤새 불린 미역을 볶아 국을 끓이고

(…)
가볍게 살자 하고

사건사고가 끊이지 않는
말이 되지 않게 너무한 오늘에
(…)
다시 가볍게 살자 하고
우리 이래 소꿉이나 놀자 하고

그대가 좋아하는 빛깔로
밤새 깔깔거리며 내가 물드는 동안

두렵고 무섭게 간드러져서는
우리 이래 소꿉 놀다 가자 하고

—「소꿉」 부분

"가볍게 살자"는 이야기를 반복한다. 소박한 일상의 행복을 노래하는 발화 형태도 둥두렷하다. 시의 호흡이 길고 행과 연의 배치도 자유로워지면서 서술적 산문성이 보이는 것은 할 말을 감추지 않으려는 신민걸의 시적 발화 의지 때문이다. 「천상열차분야지도」, 「개망초」, 「쌍화점」, 「그림자가 뭇 그늘이 되기까지」 등의 시에서도 일상의 섬세함과 구체성을 담보한 서사적 틀 속에서 서정과 정신이 녹아 흐르는 시를 건져 올리고 있다.

신민걸의 시는 맑고 넓다. 이 다함 없는 투명함과 다함 없는 넓음을 시인은 길어올린다. 길어올린 시의 언어들로 세상사 모순과 갈등을 중화하고 생멸을 거듭하는 주변 사물에 보내는 따뜻하고 뭉클한 시선들이다. 이웃과 주변에 보내는 따스한 눈길도 웅숭깊음을 보여준다. 「노리 수갑」, 「젖는 집」, 「어이, 점례씨」, 「코끼리와 소년 사이에」, 「해답」, 「해씨네 텃밭」, 「어쩌면 좋아」, 「하늘소」, 「육추」, 「들깨를 싣고 가네」, 「만천리 도리깨바람」, 「방증」, 「닥치기 전에」, 「폭설, 폭소」 등의 시편들은 세상과 우주와의 공존, 공감의 시편들이다. 아름답고 따뜻한 이야기들이다.

보이지 않는 뿌리에게
그저 손을 흔든다
(…)
안부를 묻던 손을
이제는 씻어야 하는데
(…)
벌써 벗어둔 꽃당혜 한 켤레

너는 바싹 마른 너는 재촉을 한다
하늘 천 따 지 모두 가물 현 가물 황

—「가물」 부분

또한 세파 속에서 길어올리는 온갖 갈등과 모순을 중화

하고 흘러가며 지나가며 소멸하는 것들 속에서 새롭게 태어나고자 하는 것들에게 내미는 시인의 손길이 따뜻하다. 이러한 정화와 생성의 동인은 시인의 마음속에 있으며 그곳이 바로 시인의 영혼이 머물고자 하는 정신적 거처가 된다. 그곳은 뭔가를 기다리는 듯 혹은 금방 뭔가를 떠나보낸 듯 "가물 현 가물 황" 텅 빈 여백으로 떨고 있다.

신민걸의 언어들은 '진지함'을 지향한다. 그의 시어는 숱하게 등장하는 동식물들의 이름, 고어, 방언 등의 자유로운 구사에서도 비롯된다. 이런 특성은 우리말의 아름다움을 십분 발휘하며 생소한 어휘들은 시의 맛을 더 증폭시킨다. 또한 가벼운 의성어, 의태어는 그가 언어 사용에 얼마나 신경을 쓰는가를 알 수 있게 해준다. 「내 매미지」, 「영면에 들다가」, 「깨끼춤」, 「옳다구나」, 「니 등에 등에」 등에서 여실하다.

신민걸은 주관적 체험에서 비롯된 이미지들을 언어화한 후 그것에 맞는 리듬을 고른다. 그가 음악적 요소를 그의 시에 자꾸 끌어들이는 데는 음악이 가진 순수성, 추상성에 기대어 자신의 깊은 내면 의식을 미학적으로 표현하고자 하는 욕망과 깊이 관련 있어 보인다. 「물매화를 만났고」, 「억새가 갈대를 불러」, 「나비 잠옷도 없이 온 사람이」, 「춥다」, 「황매우 마실방」, 「앵두살구복사별」, 「꽃이 꽃을 피우고 죽네」 등에서도 그것이 드러난다.

원천 : 태백과 설악과 가족

누구든 삶의 바탕이 되고 삶에 자양분을 공급해주는 유

일한 원천을 마음속에 지니고 산다. 그 원천이야말로 현실의 상처와 응어리를 치유해주는 자기 정화의 기제일 것이다. 태백과 아버지는 신민걸을 "캐냈다". 그리고 어머니는 신민걸을 잘 "고르셨다". 시인으로 길러준 태백과 아버지와 어머니는 현재의 삶을 있게 한 원형, 원천이다. 그 원형적 존재들이 시인을 감싸안고 있어 현재의 삶을 영위케하며 시인의 미래까지 동행한다.

아버지, 날 캐내시고
어머니, 날 고르시니

아버지, 막장에 들어가 시커먼 날 캐내시고
어머니, 선탄장에 종일토록 서서 날 고르시니
(…)
하얗게 버려졌지요, 아버지
까맣게 잊혀졌지요, 어머니

또 한 차례 와르르 갱 무너져 내렸다지요
따신 주검 한차로 시커먼 얼음 곧 배달합지요

—「얼음화석」 부분

「얼음화석」, 「유연한 유언」, 「좌대 깎는 시늉」, 「유행가」, 「기일」, 「회양목에 잠들다」는 아버지의 노래다. 더불어 「대밭에서 답하다」, 「사금파리는 왜 반짝이는가」와 더불어 태백의 시간과 산하가 신민결을 잉태하고 있었음을, 삶의 원형을 돌아보게 하는 시편들이다.

또 얼마나 가슴 떨리는 불안의 연속인가
아버지처럼 아버지가 된다는 것
햇살은 늘 두렵고 바람은 또 어려워
아버지와 아버지가 목도로 막장을 가면서
길이 모두 사라지는 순간을 차마 보았으니
설렘은 행여나 부질없어라
미련은 속절없어 간절하여라
여기에서 저기로 겅중겅중 옮겨 다니는 건
내가 아니었더라, 너는 더 없더라
영 떠나지 못하는 망설임의 퇴적인가
아버지로서 아버지처럼 길을 나서는 것
저 찬란히 빛나는 저탄장을 올려다보면서
나는 누구에게 아름다운 이름인가

—「炭멀미」 전문

절절한 사친곡이다. "아버지처럼 아버지가 된다는 것"은 얼마나 아름답고 숭엄한 일인가. "길이 모두 사라지는 순간을 차마 보았으니" 이후 "아버지로서 아버지처럼 길을 나서는 것"으로 아버지에 대한 사랑에 감읍하는 것이다. 아버지는 애증의 존재이다. 삶의 전 영역에 아버지는 관여한다. 아버지는 사랑이라는 말로 이루 표현할 수 없는 숭엄한 존재이다. “또 얼마나 가슴 떨리는 불안의 연속인가”라는 말에 신민걸의 유년이 온통 들어앉아 있다. 그리고 우리는 “저 찬란히 빛나는 저탄장을 올려다보면서”, “망설임의 퇴적”, 아버지의 퇴적 속에서 걸어나온 신민걸을 만난다. “나는 누구에게 아름다운 이름인가”라며 묻고 있는 신민걸은 이즈음 애잔한 존재의 이름 “아버지”가 되어 있다.

열아홉 눈물 구멍의 막장 속에서 이글거리는 푸른 불꽃

을 보았나요
숨이 막혔나요
절절했나요
(…)
꺼지기 전에 제때 갈았나요
불구멍은 잘 맞추었나요
절절 끓나요

불꽃의 품으로 함께 들어갈까요

—「炭」 부분

아버지를 그리워하는 시편들 사이에 외할머니와 어머니, 그리고 사랑하는 아내에게 전하는 이야기 「언니야 사탕」, 「별머루」, 「크림빵이 좋아」를 상재하며 가족애를 노래하고 있다.

자연 : 생명과 연대하는 사람의 냄새

신민걸의 시에서 빼놓을 수 없는 냄새가 있다. 젖은 속옷 냄새랄까. 「참꽃」, 「성간물질」, 「꽃이 꽃을 피우고 죽네」, 「의상대 장송곡」, 「황매우 마실방」, 「그림자가 뭇 그늘이 되기까지」 등의 시에서 보이듯 쓸쓸함 독고獨孤함과 더불어 허망함에 보내는 아린 시선과 가슴을 엿볼 수 있다. 신민걸에게서는 젖은 속옷 냄새가 난다.

오늘도 별이 걸어가고 있지요
밤에도 낮이랑 같은 보폭으로

떠올리기도 싫은 시름 가득해
시름시름 앓다가 꽃을 내버려
잎을 걸고 시나브로 열매까지

왕피천 사는 왕피물벌은 자맥질로
가시날도래 번데기에 알 낳는대요
남에게서 제 뻔뻔한 애벌레 나오면
뻐꾸기처럼 안다미로 울어줄까요

껍질을 담금질해 껍데기를 이루고
껍데기를 무두질해 껍질을 이루면
알나리깔나리 난 알나리깔나리 난
속엣나 다 버리고 더 내가 될까요

아무도 몰라서 무른 보폭으로

아직도 별은 걸어가고 있어요

—「천상열차분야지도」 전문

첫 시집에 실린 시편들 중에서 참 아름다운 시다. 시인은 왕피물벌의 자맥질을 통해 자연의 섭리를 떠올려본다. 작은 하천 하나에서 우주를 발견해낸다. 그리고 "천상열차분야지도"를 그려낸다. 천상열차분야지도 안으로 걸어들어가면 "속엣나 다 버리고 더 내가" 될 수 있을까. "아무도 몰라서 무른 보폭으로" 우주를 걸어다니는 신민걸을 만나게 된다.

첫 시집의 서시 성격을 띠고 있는 「사람을 살아」를 보자. "사람으로 살아" 사람같이 사람처럼 살아가자고 말하는 시인은 더 구체적인 현실적인 삶 속에서 인간과 뭇 생명체들 사이의 연대 문제를 내비치는데 이는 신민걸이 인간 중심의 환경에서 자연계 전체에 관심과 사랑을 드러내는 것이다.

그게 최후라 생각하면 그게 모두 사람이라는 건데 늘 사람을 살아

(…)

바람받이 바람벽에 널린 햇볕 한 망태 살살 걷어 곱게 빻아 그대 밟는 발길마다 무지개 가루 빛 솔솔 뿌려주고 늘 이리 사람을 살아서 좋아

—「사람을 살아」 부분

신민걸의 시는 생명체들과의 연대감을 표방한다. 모든 생명체의 가치 평등성을 바탕으로 존재의 개별성을 통해 고유의 생명활동에 대한 노래로 확대해간다. 신민걸의 시에 있어 자연은 단순한 감상과 감탄의 대상이 아니다. 자연과 함께하면서 늘 그 속에서 무언가를 캐내고 있다. 「곤줄박이 불러서」, 「개망초」, 「망초밭에서 하소연을 적다」, 「오이가 휘는 까닭」, 「해답」, 「해씨네 텃밭」 등의 시에 그런 수고들이 고스란하다. 이럴 때 자연은 그에게 발견의 시공이 된다. 신민걸은 자연을 대하면서 끊임없이 삶의 의미를 묻는다. 그 질문은 자신의 삶을 살찌우는 쪽으로 향하게 마련이다.

여물어 저물어 저민 것을 여미어

어쩔 수 없이 나를 한껏 몰아 돌아보면
저 허허실실 떠가는 구름이야 노을이야

나의 초년은 말랑말랑 말라깽이 말썽거리고
나의 말년은 헤살하여 헤실바실 스러지나니

나는 부용의 공란을 떠도는 중년重年의 부랑아

저 꽃피어 헤지는 두루마리구름 두루 보아

—「부운허실반차도」 전문

이 시의 중심 비유는 사랑하는 아내와 아들에 대한 가족 사랑의 헌사이다. "부용의 공란을 떠도는 중년의 부랑아"는 부용하더라도 결코 외롭거나 가난하지 않음을 노래한다. 또한 "두루 보아", "잘만 있을까", "하냥 올래", "놀다 가자 하고", "물론 하겠고", "참말 일이겠고", "나는 어쩌나 허망할 것이야", "속으로만 빌며 아물기로", "비는 또 내려" 등의 종결 시어들이 보여주듯 시의 종결 후렴을 감치는 솜씨가 뛰어나다. 이 또한 신민걸 시의 음악성과 관계한다.

한마디로 신민걸의 시는 클리세cliche, 곧 상투어들과 거리를 두고 있다는 점이다. 우리 시인이라는 사람들이 사용하는 어휘들은 지극히 제한적이다. 살펴보면 시어들로 동원되는 어휘들은 고작 사오십 개의 상투어들일 뿐이다. 사랑, 죽음, 그리움, 어머니, 꽃, 하늘, 별, 바람, 이별, 관계, 환경 등의 변주인 것에 비해 신민걸의 시어들은 다채롭고 신선하다. 거기에 보태어진 음악성은 시를 음미할수록 유현한 빛으로 터져 부풀어 오르기도 한다.

시인 : 신민걸의 출발

그동안 부지런히 시를 써왔음에도 늦깎이로 등단한 후 첫 시집 출간도 늦은 감이 없지 않다. 하지만 신민걸의 이채롭고 산뜻한 시어들은 한국 문단에서 빼놓을 수 없는 자리를 차지하게 될 것이 분명하다. 하여 첫 시집이 더없이 알차고 빛난다.

삶을 사랑하는 사람은 과거를 사랑한다. 현재는 기억 속에 살아남은 과거이기 때문이다. 교단에서 학생들과 함께 한 이야기들도 기대된다. 신민걸은 그간 교직에 머물며 나름 '교육자의 길'을 성실히 걸어오다 이번 봄에 명예퇴직을 했다. 그가 왜 '명퇴'를 했을까. 내가 알기로 신민걸은 시를 쓰기 위해 새 출발을 하고 있다고 생각한다. 평소 그의 삶이 온통 시답기 때문이며 신민걸이 꿈꾸고 있는 시세상으로 나아가기 위한 결단이었을 것이다. "사무치게 그리운 너를 찾아가는 나비의 길 위에서 잠시 고개 드는 우아함으로 갈무리되길 바라며, 언제나 어디서나 한없이 고맙습니다"라고 말하며 정든 교단을 걸어나온다.

이번 봄, 신민걸은 첫 시집과 함께 새 출발을 시작한다. 별과 함께 별을 걸어가려 한다.

현대시세계 시인선 **163**
울산바위의궤

지은이_ 신민걸
펴낸이_ 조현석
기　획_ 김정수, 우대식
펴낸곳_ 북인
디자인_ 푸른영토

1판 1쇄_ 2024년 05월 20일
출판등록번호_ 313 - 2004 - 000111
주소_ 121 - 842 서울 마포구 서교동 460 - 34, 501호
전화_ 02 - 323 - 7767
팩스_ 02 - 323 - 7845

ISBN 979-11-6512-163-1　　03810

이 책은 강원특별자치도, 강원문화재단 후원으로 발간되었습니다.

책값은 뒤표지에 있습니다.
저자와 협의 아래 인지를 생략합니다.